# Inhaltsverzeichnis

# Liebe Tolkienfreundinnen und -Freunde,

wir leben in einer ganz besonderen Zeit. In einer Zeit, in der die Macht der Phantasie an Bedeutung gewonnen und auf das Leben vieler Menschen Einfluss genommen hat. Dies verdanken wir einem außergewöhnlichen Phänomen: einem sehr erfolgreichen Fantasyfilm. Die „Herr der Ringe"-Filmtrilogie hat bereits mit dem ersten Teil das erreicht, was andere vorher zwar mit viel Liebe zum Detail versucht, aber nicht geschafft haben. Fantasy ist salonfähig geworden.

Mit J. R. R. Tolkiens unvergleichlicher Welt Mittelerde wurde 1954/55 ein Mythos geschaffen. Zuerst noch zaghaft, aber dann im Zuge der Bürgerrechtsbewegung und der sozialen und politischen Umwälzungen in den Vereinigten Staaten immer schneller wurde „Der Herr der Ringe" zum Kult für Millionen. Generationen von „Herr der Ringe"-Leserinnen und -Lesern haben die Heldentaten der unscheinbaren Hobbits geliebt und an nachfolgende Generationen weitergegeben. Nichts ist aber vergleichbar mit dem, was seit den ersten Gerüchten über eine bevorstehende „Herr der Ringe"-Verfilmung geschah.

War die moderne Fantasy bis vor wenigen Jahren noch ein Randthema, dessen Fans von vielen mit schiefen Blicken bedacht wurden, so ist sie heute eines der Topthemen in den Medien. Immer häufiger treffen sich Tolkienfans, erfreuen sich an seinen Werken, sind begeistert vom Film. Und es werden jeden Tag mehr - ein positiver Nebeneffekt des erfolgreichsten Fantasyfilms aller Zeiten.

Für eine literarische Gesellschaft wie uns ist natürlich das gesamte Werk des britischen Erfolgsautors das wichtigste. „Der Herr der Ringe", „Der Hobbit", „Das Silmarillion", „The History of Middle-Earth" sind noch längst nicht allen bekannt – und es gibt noch mehr. Unsere Aufgabe wird sein, denjenigen, die jetzt zu Tolkien finden, zu zeigen, dass es viel mehr gibt als nur drei Filme. Denn trotz der hohen Qualität des ersten Films darf man nicht vergessen, dass Film und Buch nichts miteinander zu tun haben. Wie Peter Jackson selbst über seine Verfilmung sagte: es ist seine Interpretation. Eine spannende, eine fesselnde, eine stimmige – aber es ist ein Film und nicht das Meisterwerk der modernen Fantasyliteratur.

Wir freuen uns sehr, dass es immer mehr Tolkienfans gelingt, für sich und andere Freundinnen und Freunde Mittelerdes eine Öffentlichkeit zu schaffen. Stefan Servos ist hier sicher einer der bekanntesten Vertreter dieser Kategorie. Mit seinem Internetprojekt Herr-der-Ringe-Film.de hat er einen Riesenerfolg zusammen mit den begeisterten Filmfans weltweit geschaffen. Es ist gut zu wissen, dass solche Publikationen wie dieses Special von Menschen geschrieben werden, die sich mit der Materie bestens auskennen – auch Anja Arendt gehört ja bekanntermaßen dazu. Nicht zu vergessen: Stefan Servos ist natürlich Mitglied der DTG.

Ich wünsche im Namen der Deutschen Tolkien Gesellschaft e.V. allen Leserinnen und Lesern viel Spaß bei der Lektüre des SPACE-VIEW-Specials zu „Die zwei Türme" und hoffe, dass durch diese Informationen noch mehr Menschen den Weg nicht nur zu verdammt guten Filmen, sondern vor allem zu sehr guten Büchern finden werden.

Marcel Bülles,
Vorsitzender der DTG e.V.

**MEHR ZU TOLKIEN?**

*Deutsche Tolkien Gesellschaft e.V.*
*c/o Andrea Pálinkás*
*Oscar-Wilde-Straße 17, 50858 Köln*
*info@tolkiengesellschaft.de*
*http://www.tolkiengesellschaft.de*
*Weitere Infos gegen € 0,56 in Briefmarken!*

# Vorwort

Der erste Teil „Der Herr der Ringe – Die Gefährten" hat die kühnsten Erwartungen der Fans, aber auch der Produktionsfirma übertroffen. Bereits im Sommer 2002 war der erste Teil dieser epischen Fantasy-Trilogie mit weltweiten Einnahmen von über 850 Millionen Euro einer der erfolgreichsten Filme aller Zeiten, und noch hatte die Auswertung von DVD und Video nicht begonnen. Aber diesen Erfolg hat der Film weder einer cleveren Marketing-Strategie, noch einer ausgeklügelten Finanzpolitik zu verdanken, sondern einfach seiner hervorragenden Qualität.

Denn was da in der Nacht vom 18. Dezember 2001 das erste Mal auf der großen Leinwand flimmerte, war ohne Zweifel ein Meisterwerk. Der relativ unbekannte, neuseeländische Independent-Regisseur Peter Jackson hatte das Unmögliche möglich gemacht! Und ich muss zugeben, dass es mich völlig vom Hocker gehauen hat, obwohl ich vor der Premiere schon einiges von dem Film gesehen hatte.

Peter Jackson hat es geschafft, den Geist und die Atmosphäre der Romanvorlage einzufangen und auf Zelluloid zu bannen. Sicherlich trafen nicht alle visuellen Umsetzungen die Bilder in den Köpfen der Fans, dennoch war Jackson ganz nah dran. Für drei Stunden gelang es ihm, den Fans wieder das Gefühl zu vermitteln, das sie beim ersten Lesen des Romans hatten. Und diejenigen, die den Roman noch nicht kannten, bekamen einen ersten, nachhaltigen Eindruck von Tolkiens Welt, den viele von ihnen sicherlich sofort mit dem Lesen des Romans vertieften.

Der Film besaß nur ein großes Manko: Nach drei Stunden bricht er mitten in der Handlung ab, und die Aussicht, dass der nächste Teil erst 12 Monate später in die Kinos kommen sollte, trieb einige Fans schier in den Wahnsinn – und vor allem immer und immer wieder ins Kino.

Nach dem Erfolg des ersten Teils sind wir alle umso gespannter auf den zweiten und dritten Part der Filmtrilogie, in der die eigentliche Handlung erst richtig beginnt. Wenn allein die uralte Zwergenstadt Moria schon so eindrucksvoll war, wie wird dann erst Helms Klamm oder Minas Tirith sein?

Dieses SPACE-VIEW-Special soll die Zeit bis zum zweiten Teil verkürzen und bereits jetzt einen kleinen Ausblick auf das ermöglichen, was da Ende 2002 auf uns zukommen wird. Dabei baut dieses Special auf das erste SPACE-VIEW-Special „Herr der Ringe – u. a. Fantasy-Filme und -Bücher" auf und ergänzt es. Dennoch ist es nicht zwingend nötig, das erste Special gelesen zu haben.

Viel Spaß beim Lesen!

Stefan Servos,
Königswinter im August 2002

# Kapitel 1

# Stars, Preise und Premieren - Ein Rückblick

„Drei Stunden und nicht eine langweilige Minute: Epische Handlung, wunderbare Charaktere, eine komplexe eigene Welt, bombastische Grafik-Effekte, atemberaubende Kameraeinstellungen und -fahrten, routinierte Kämpfe, beeindruckende Massenszenen, großartige Stimmungswechsel zwischen romantischem Augenblick und Endzeitszenerie: Das ist großes Kino in Bestform!" Wie diese begeisterte Filmkritik aus dem deutschen „Filmspiegel" klangen fast alle Filmbeschreibungen des ersten Teils von Jacksons Film-Trilogie. Noch nie wurde ein Fantasy-Film sowohl vom Publikum als auch von den Kennern der Filmbranche so sehr gefeiert wie „Der Herr der Ringe - Die Gefährten". Als sich am 10. Dezember 2001 im Londoner Odeon vor Prominenz aus Politik und Showbranche der rote Vorhang zum ersten Mal öffnete, war dies nur der Beginn eines lang anhaltenden Beifallsturms. Zuvor wurden nur sehr wenige Filme so ungeduldig erwartet und an noch weniger Filmen wurden so große Erwartungen gestellt. Aber nur einem Streifen gelang es bisher, diese Erwartungen zu erfüllen und zu befriedigen.

Tausende geladene Gäste und fast die gesamte Schauspielerriege waren am 10. Dezember 2001 nach London gereist, um die heiß ersehnteste Film-Premiere des neuen Jahrtausends zu feiern, und es war ein rauschendes Fest. Fernsehsender aus der ganzen Welt übertrugen die Live-Bilder vom Leicester Square. Und vor den Fernsehern warteten Fans sehnsüchtig auf den Tag, an dem auch sie den Film sehen durften.

Am 12. Dezember wurde „Der Herr der Ringe – Die Gefährten" dann der internationalen Presse präsentiert, die sich in ungewohnter Einigkeit zeigte und sich vor Begeisterung überschlug. Bei fast allen Kritiken musste ein gewisser Streifen um einen kleinen Zauberlehrling, der vier Wochen zuvor angelaufen war, als Vergleich herhalten. „Harry Potter, pass auf, dass du nicht vom Besen stürzt", warnte der „Daily Express" den prominenten Konkurrenten. Und die „Sun" urteilte: „Sorry Harry, aber ich habe gerade einen Film gesehen, der um Klassen besser ist." Das Magazin „Entertainment Weekly" äußerte sich schon beinahe pathetisch: „Nun habe ich wirklich eine Vorstellung von Ehrfurcht und Würde", schreibt der Kritiker. Auch „Newsweek" befand: „Der Film besitzt echte Leidenschaft."

Als „Die Gefährten" in der Nacht vom 18. auf den 19. Dezember 2001 schließlich fast weltweit gleichzeitig in den Kinos anlief, zitterten Millionen von Fans vor Spannung in ihren Sesseln, als sich die Leinwand verdunkelte und Galadriel mit flüsternder Stimme die Geschichte des Rings zu erzählen begann.

Letztendlich war „Harry Potter" kommerziell erfolgreicher, doch unter Film- und Fantasy-Fans stand der Favorit

*Die „Herr der Ringe"-Premiere in Neuseeland: Der Höhlentroll hieß die Prominenz willkommen.*

*Sam-Darsteller Sean Astin mit seiner Frau Christine.*

von nun an fest. Und auch Preisrichter überall auf der Welt teilten diese Meinung, denn während der Zauberlehrling bei den meisten Preisverleihungen leer ausging, staubte Jacksons Ring-Epos die Trophäen ab, als handele es sich um leichte Beute. Vor allem innerhalb der Filmbranche wurde der Film als Meisterwerk gefeiert. Beispielsweise bei der Vergabe des Preises der Las Vegas Kritiker im Januar 2002 sahnte kein Film so gut ab wie „Die Gefährten". Peter Jackson gewann den Preis als bester Regisseur, während Andrew Lesnie für seine rasanten Kamerafahrten ausgezeichnet wurde. Komponist Howard Shore kassierte den Preis für den besten Soundtrack, Sängerin Enya für das beste Titellied. Außerdem wurden Ngila Dickson in der Kategorie Kostüm und Richard Taylor für die visuellen Effekte ausgezeichnet. Auch die Jury des American Film Instituts (AFI) zeichnete das Werk von Peter Jackson gleich in drei Kategorien aus: als Kinofilm des Jahres, für die beste Ausstattung und die besten digitalen Effekte.

Und kaum hatten die Hauptdarsteller und die Crew begonnen, sich auf den Preisverleihungen wohl zu fühlen, schon gab die Filmakademie die Nominierungen für den begehrten Oscar bekannt. „Der Herr der Ringe – Die Gefährten" wurde in den folgenden 13 Kategorien nominiert: Bester Film, beste Kamera, beste Regie, bester Nebendarsteller (Ian McKellen), beste Ausstattung, bestes Kostümdesign, bester Schnitt, bestes Make-up, bester Titelsong, beste Filmmusik, bester Ton, beste Spezial-Effekte und bestes adaptiertes Dreh-

*Sind Freunde fürs Leben geworden: (von links) Elijah Wood, Orlando Bloom, Dominic Monaghan & Billy Boyd.*

buch. Das hatte niemand erwartet, und voller Stolz präsentierte sich die Filmcrew geschniegelt und gekämmt bei der Oscar-Verleihung. In dieser Nacht staubte das Epos schließlich vier der begehrten Goldjungen ab: für den besten Soundtrack, die beste Kamera, das beste Make-up und die besten visuellen Effekte. Auf die Frage, ob er enttäuscht darüber sei, dass er nicht den Oscar für die beste Regie gewonnen habe, antwortete Jackson nach der Verleihung scherzhaft: „Wissen Sie, ich habe das schon mit der Jury geklärt. Nächstes Jahr bekommen wir den Oscar für die beste Ausstattung und das beste Kostüm und beim dritten Teil dann den Oscar für den besten Film und ich für die beste Regie."

Ob er sich dessen so sicher sein kann, ist ungewiss, aber eines steht jetzt schon fest: Seine Fans überall auf der Welt werden ihm die Daumen drücken.

»Die Welt ist im Wandel.
Ich spüre es im Wasser.
Ich spüre es in der Erde.
Ich rieche es in der Luft.
Vieles was einst war ist verloren,
da niemand mehr lebt, der sich erinnert.
Alles begann mit dem Schmieden der großen Ringe:
Drei wurden den Elben gegeben -
unsterblich, und die weisesten und reinsten aller Lebewesen.
Sieben den Zwergesherrschern -
großen Bergleuten und geschickten Handwerkern, in ihren Hallen aus Stein.
Und neun, neun Ringe wurden den Menschen geschenkt,
die vor allem anderen nach Macht streben.
Denn diese Ringe bargen die Stärke und den Willen, jedes Volk zu leiten.
Doch sie wurden alle betrogen!
Denn es wurde noch ein Ring gefertigt,
im Lande Mordor, im Feuer des Schicksalsberges.«

(Galadriels Prolog »Der Herr der Ringe - Die Gefährten«)

## Kapitel 2

# Filmanalyse: »Die Gefährten«

Es gibt wohl kaum etwas Kniffligeres als die Umsetzung eines Romans in einen Film für die große Kinoleinwand. Das Team aus Regisseur und Autoren, in diesem Fall Fran Walsh, Philippa Boyens und Peter Jackson, hatte die schwere Aufgabe, die Beschreibungen und Stimmungen aus dem Roman einzufangen und durch ihre Bilder lebendig werden zu lassen. Besonders erschwert wurde dies durch die Tatsache, dass Millionen von Menschen den Roman kennen und lieben. Regisseur Peter Jackson stand nun vor der Entscheidung, sich entweder möglichst genau an die Vorlage zu halten und die Beschreibungen im Roman als Regieanweisungen zu deuten oder sich von der Vorlage zu entfernen, um dem Risiko zu entgehen, eine bleierne, langweilige Literaturverfilmung zu produzieren. Jackson wählte letzteren Weg, und schon im Vorfeld wurde dem Regisseur vorgeworfen, er habe zu viele Modifikationen an der Originalvorlage vorgenommen, worauf Jackson einmal in einem Interview antwortete: „Wem wäre damit gedient, hätte ich mich sklavisch an das Buch gehalten und einen langweiligen Film abgeliefert?"

„Der Herr der Ringe – Die Gefährten" ist vermutlich der dramaturgisch verzwickteste Teil der Trilogie, da es nach der Romanvorlage gar keine wirkliche Entwicklung der

*Arwen (Liv Tyler) wird im Roman nur mit wenigen Worten erwähnt.*

Handlung, keinen Spannungsbogen und keinen Höhepunkt gibt – die drei Grundpfeiler eines jeden guten Films. Prinzipiell werden in Tolkiens Roman nur einzelne, unabhängige Stationen der Reise geschildert, auf der sich die Gefährten kennen lernen. Dann endet die Handlung auch schon wieder mit ihrer Trennung. Es wird weder eine deutliche Entwicklung der Charaktere, noch der Ereignisse in Mittelerde aufgezeigt. Autor J. R. R. Tolkien musste sich schließlich nicht an die Regeln des Filmemachens halten und hatte noch weniger im Sinn, seine Geschichte als Trilogie auf den Markt zu bringen. Erst Peter Jackson wagte es, Tolkiens einheitlichen Roman in eine Trilogie aufzuspalten. Auch für die Entwicklung seiner Handlung besaß Tolkien ab der Trennung der Gefährten noch viel Zeit. Jackson wollte an dieser Stelle aber bereits einen abgeschlossenen Handlungsbogen erzählt haben. „Es ging hauptsächlich um Vereinfachung", beschreibt Jackson das gewaltige Unterfangen der Adaption. „Man will ja weder die Original-Geschichte verändern, noch eigene Szenen hinzufügen. Also beginnt man damit, das Gerippe der Geschichte bloßzulegen. Die Geschichte von Frodos Reise mit dem Ring. Es geht darum, was der Ring mit Frodo anstellt, wie er ihn als Hüter in seinen Besitz nimmt, wie andere, die er trifft, darauf reagieren und wie wiederum Frodo damit umgeht. Wenn man das einmal hat, muss man nur noch streng in der Auswahl der wichtigen Charaktere sein. Die, die mit dem Gerüst nicht direkt in Verbindung stehen, kommen nicht vor – egal wie gut oder interessant sie auch sein mögen."

Peter Jackson, selbst bekennender Tolkien-Fan, wichtiger, als eine Verherrlichung des Romans, die er natürlich damit auf viel subtilere Weise betreibt. Der Film kann nicht als eine Wiedergabe von Beschreibungen funktionieren, sondern muss etwas Umfassenderes bewirken: Der Kinozuschauer soll in diesen drei Stunden ein ähnliches Gefühl bekommen, wie der Leser es beim Schmökern des Romans erfuhr. Und dies ist Regisseur Peter Jackson eindrucksvoll gelungen. Aber der Neuseeländer geht noch einen Schritt weiter und schafft etwas Außergewöhnliches. Während er sich von der Handlung des Buches entfernt, hält er sich im gleichen Moment durch Details und versteckte Andeutungen auch wieder ungewöhnlich nah an Tolkiens Vorlage. Jackson beweist, dass er mit Tolkiens Stoff sehr vertraut ist, und ihm gelingt es, mit der Vorlage in einer unglaublichen Leichtigkeit zu jonglieren, die bewundernswert ist.

Immer wieder betonte Jackson, dass es sich bei seinem Film nur um eine Interpretation des Romans handelt, nicht um die offizielle Verfilmung. Daher wurde auch bewusst J. R. R. Tolkiens Name aus dem Vorspann herausgenommen. Aber wahrscheinlich hätte Tolkien persönlich gar nichts gegen Änderungen seiner Vorlage gehabt. Er selbst hat ja immer wieder betont, dass es sich bei dem „Herrn der Ringe" nicht um einen objektiven Tatsachenbericht handelt, sondern um den subjektiven Eindruck von Bilbo und Frodo, die dieses Buch zusammen unter dem Titel „Das rote Buch der Westmark" verfasst hätten. Vielleicht hat die Elbe Arwen Frodo ja tatsächlich an der Furt gerettet, aber Frodo entschied, sich selbst zum Helden zu machen und strich Arwen an dieser Stelle aus der Handlung. Wer weiß das schon? Und auch Gandalf sagte einmal, dass er die Geschichte wahrscheinlich ganz anders erzählt hätte! Nun gut, nicht sehr überzeugend, kommen wir vielleicht lieber zu einem etwas stichfesteren Argument. In einem seiner Briefe schrieb Tolkien einmal über eine mögliche Verfilmung: „... Ich wäre sogar von mir aus geneigt, die Helms-Klamm-Szene ganz zu streichen, wenn sie nicht kohärenter und zu einem bedeutsameren Teil der Geschichte gemacht werden kann ... Wenn die Ents und die Hornburg nicht beide ausführlich genug behandelt werden können, sodass es einen Sinn ergibt, dann muss eines von beidem verschwinden. Das sollte die Hornburg sein, die für die Handlung nebensächlich ist."

*Die Freundschaft zwischen den Hobbits Merry und Pippin wird schon auf Bilbos Geburtstag hervorgehoben.*

Harte Worte, aber tatsächlich geht es nicht darum, dass sich der Film exakt an den Roman hält, schließlich wäre er dann auch vermutlich 40 Stunden lang und höchst unerträglich geworden. Es geht vielmehr darum, dass der Film den Tenor der Vorlage wiedergibt und die besondere, magische Atmosphäre in den Kinosaal transportiert. Dies war

Man kann wohl von Glück sprechen, dass Jackson und

*Die Liebesgeschichte zwischen Aragorn und Arwen wurde für den Film ausgebaut.*

nicht Tolkien für die Umsetzung verantwortlich war, und nun die Hornburg zu einem der Höhepunkte des zweiten Films wird.

Also kein Grund für Handlungs-Puristen, betrübt über Änderungen zu sein! Regisseur Peter Jackson entschied sich zum Vorteil des Films, an einigen wenigen Stellen konkrete Handlungsänderungen durchzuführen. Die Vorlage musste schließlich an das Medium Film angepasst werden, und dieser lebt von der Bildsprache. Lange Monologe im Roman, Gedankengänge oder Beschreibungen müssen vor der Kamera in lebendige Aktionen umgesetzt werden. Kaum ein Kinogänger achtet ausschließlich auf die Sprache. Aber niemals wurde der Geist der Vorlage verlassen, sodass die Aussage und vor allem die Atmosphäre der literarischen Vorlage trotz aller Freiheiten gewahrt geblieben ist. Die Änderungen sind also nicht als Frevel an Tolkien zu werten, sondern als ehrfürchtige Verbeugungen.

Jacksons erster Schritt bestand in der gesamten Kürzung der anfänglichen Wanderung der Hobbits, die ihm viel zu lange dahinplänkelt. Schon in einem der ersten Interviews 1998 kündigte Peter Jackson an, dass man am Anfang die Handlung etwas straffen müsse. Man müsse einige der Originalszenen opfern, um die Charaktere einzuführen. Denn im Gegensatz zum Roman, in dem man die Personen erst während der Handlung kennen lernt, sollten sie im Film in der ersten halben Stunde vorgestellt werden. Ihre Beziehung zueinander musste deutlich werden, damit sich der Zuschauer mit ihnen identifizieren konnte. Aus diesem Grund wird beispielsweise die Freundschaft zwischen den Hobbits Merry und Pippin schon zu Beginn des Films bei Bilbos Geburtstag deutlich hervorgehoben. Und die gesamte Wanderung nach Bockenburg, die Begegnung mit Bauer Maggot und vor allem mit Tom Bombadil mussten leider der dramaturgischen Schere zum Opfer fallen. Diese Szenen hatten so gut wie nichts mit der Handlung zu tun und treiben die Geschichte nicht voran.

Als das erste Mal bekannt wurde, dass Tom Bombadil aus der Handlung gestrichen werden sollte, ging ein Aufschrei durch die Tolkien-Fangemeinde. Der kauzige Waldbewohner ist trotz seines grotesken Auftritts im Roman, oder grade deshalb, der Lieblingscharakter vieler Fans. Tom Bombadil ist ein untersetzter, kleiner Mann mit gelben Stiefeln und einem hohen Hut, an dem eine blaue Feder steckt. Er trägt einen blauen Mantel und hat einen langen braunen Bart. Wenn er durch seinen Wald streift, dann singt, stampft und tanzt er, und es scheint so, als sei er immer fröhlich. Aber eine sonderbare Macht steckt in ihm, denn als er den Einen Ring auf den Finger zieht, zeigt dieser keine Wirkung. Saurons Macht kann Tom nichts anhaben. Niemand weiß genau, wer oder was Tom Bombadil ist, aber eines ist klar: Er ist eines der ältesten Wesen auf Mittelerde und durchbricht auf bizarre Weise den ernsthaften Tenor des Romans. In einem ersten Interview auf der Film-Internetseite „Ain't It Cool News" (www.aintitcoolnews.com) verriet Regisseur Peter Jackson bereits im Dezember 1998, dass Tom Bombadil im Film nicht zu sehen sein werde. „Der Hauptgrund ist nicht die Zeit oder das Tempo, sondern einfach der erzählerische Fokus", erklärte Jackson den Fans. „Die Bombadil-Sequenz hat absolut nichts mit Sauron oder dem Ring zu tun, und diese Filmzeit zu rechtfertigen, ist sehr kompliziert. Sie gibt uns keine wesentlich neuen Informationen. Eine der einfachsten Faustregeln, die ich beim Filmemachen berücksichtige, ist zu versuchen, die Geschichte von Szene zu Szene voranzutreiben." Darüber hinaus ist die Gestalt viel zu märchenhaft, um den ernsthaften Stoff der Geschichte glaubhaft zu vermitteln. Peter Jackson betonte immer wieder, dass er eine Mythologie für erwachsene Zuschauer verfilme und keine Kindergeschichte, und da sei ein drolliger Waldbewohner eben fehl am Platz. Im Nachhinein waren viele Fans dankbar dafür, dass Tom Bombadil nicht aufgetaucht ist, und sie gaben Peter Jackson Recht. Diese Gestalt hätte nicht in den Film gepasst. Und Jackson hat Tom Bombadil ja schließlich nicht verleugnet, sondern ihn nur nicht erwähnt.

Bei Tolkien-Fans war nur eine Änderung noch umstrittener als die Kürzung von Tom Bombadil: Die ausgebaute Rolle von Elronds Tochter Arwen, gespielt von Liv Tyler. Aber trotz der Angst der Fans wusste Peter Jackson bei der Umsetzung zu überzeugen. Der Regisseur veredelte den bei Tolkien so blassen Charakter von Arwen und honorierte damit Tolkiens Ansätze einer Liebesgeschichte zwischen der Elbe und dem Waldläufer Aragorn. Arwen wird im Roman nur in wenigen Sätzen am Rande erwähnt, und kaum einer der „Erstleser" erinnert sich nach dem letzten Kapitel noch an sie. Erst wenn sich der geneigte Leser den Anhängen des Romans widmet, wird die romantische Tragik der ganzen Liebesgeschichte offenbart. Der unstillbare Schmerz einer Elbe, die sich in einen Menschen verliebt, den sie hat aufwachsen sehen. Eine Liebe, die so groß ist, dass sie ihre Unsterblichkeit opfert, um mit Aragorn zusammen sein zu können und dies, obgleich die Elben und ihr Vater Elrond die Beziehung nicht gutheißen. Und erst zu diesem Zeitpunkt wird klar, dass Aragorns gesamtes Handeln (die Pfade der Toten, Èowyn, Antritt von Isildurs Erbe) nur durch die Liebe zu Arwen bestimmt wurde. Peter Jackson bemerkte einmal, dass diese Liebesgeschichte viel zu wichtig sei, um sie zu ignorieren. Man könnte Aragorns Handlungsweisen ohne die Liebesgeschichte gar nicht verstehen!

Also schuf Jackson zwei Szenen, in denen Arwen zu sehen ist, die aber dennoch Tolkiens Geist der Erzählung wiedergeben. Die erste Szene ist die Rettung an der Furt, und die zweite Szene spielt im nächtlichen Bruchtal: eine romantische Liebesszene, die aber nicht plump wirkt. Mit der Tolkien'schen Distanz und Kühle opfert Arwen ihre Unsterblichkeit. So hat Peter Jackson es nun tatsächlich geschafft, die Rolle der Elbe auszubauen, ohne den Tenor der Vorlage zu verändern. Seine Arwen ist weder eine Amazone, wie von vielen Fans befürchtet, noch wird sie zu einem Teil der Gefährten. Peter Jackson hat nur verstärkt den Fokus auf sie gerichtet.

Die letzte große Handlungsänderung betraf den Spannungsbogen des Films und vor allem den Höhepunkt am Amon Hen. Da es im ersten Teil der Trilogie einen solchen Spannungsbogen eigentlich nicht gibt, sondern die Gefährten sich nur auf einer fortwährenden Wanderung befinden, entschied sich Jackson dafür, die Ereignisse in Sarumans Turm Orthanc und die Jagd der Uruk-hai nach den Hobbits etwas ausführlicher zu behandeln, als es im Roman der Fall ist. Damit wird für den ersten Teil der Trilogie die Bedrohung durch eine böse Gegenmacht noch deutlicher. Verstärkt wird dies zusätzlich durch die Schaffung eines Uruk-hai-Anführers, den die Produzenten für die Merchandising-Branche Lurtz taufte. Mit Lurtz bekommt die leibhaftige Bedrohung ein Gesicht und kann sogar gegen Ende des Films besiegt werden. Erst durch seine Anwesenheit gewinnt die Handlung in der letzten Hälfte des Films die nötige Spannung, die im ersten Teil durchaus durch die Schrecken verbreitenden Nazgûl ausgelöst wird. Der Zuschauer braucht diesen Bösewicht, um sich auf ihn fixieren zu können. Und Lurtz ist ein Antiheld, wie er im Buche steht: brutal, grausam und Furcht einflößend.

Bei der Ausarbeitung seiner Charaktere hat sich Peter Jackson ebenfalls große Mühe gegeben. Normalerweise sind viele verschiedene Figuren der Tod eines jeden Kinofilms, und in „Der Herr der Ringe" gibt es eine Menge wichtiger Charaktere. An allererster Stelle steht natürlich der Zauberer Gandalf. Während seiner Anreise ins Auenland wird dem Zuschauer die kauzige und liebenswerte Art des Zauberers zum ersten Mal nahe gebracht. Es fällt auf, dass Gandalf im Film sogar noch freundlicher und seltsamer, aber auch etwas älter und gebrechlicher, ist als in Tolkiens Original-Schilderung. Peter Jackson setzt in Zusammenhang mit Gandalf bewusst auf komische Stilmittel. Schließlich soll er im zweiten Teil völlig verändert wiederkehren. Der Zauberer wird sich den Gefährten viel jünger und mächtiger präsentieren, und seine Darstellung im ersten Teil dient bereits dazu, diesen Kontrast deutlich zu machen. Ähnlich verfährt er auch mit Aragorn, brillant dargestellt von Viggo Mortensen. Im Roman ist Aragorn von Beginn an ein König, und selbst unter der Fassade des Waldläufers schimmert das Königliche hervor, aber im Film zweifelt Aragorn an sich selbst und an seinem Erbe. Regisseur Peter Jackson wollte, dass sich seine Figuren entwickeln und aus der Handlung lernen. Es sei ja langweilig, wenn ein Charakter am Ende des Films noch genau so sei, wie am Anfang.

Hinzu kam natürlich, dass Peter Jackson ein sehr glückliches Händchen bei der Besetzung der Schauspieler besaß, denn im ersten Teil gibt es wirklich keinen einzigen

Künstler, der nicht durch unglaubliches Talent glänzen konnte. Und selbst die Nebenrollen werden beispielsweise mit Cate Blanchett als Galadriel oder Christopher Lee als Saruman ehrwürdig vertreten.

Doch all diese schauspielerischen Leistungen stehen letztendlich im Schatten des unangefochtenen Hauptdarstellers: dem Einen Ring. Im Gegensatz zu J. R. R. Tolkien personifiziert Jackson den Ring von Anfang an. Als Symbol für die Bürden und Verlockungen irdischer Macht verleiht er dem Film jene epische Tiefe, die einer adäquaten Verfilmung von Tolkiens Werk ansteht. Und Jackson haucht dem Ring einen so starken Charakter ein, dass es in einigen Szenen sogar so scheint, als wolle der Ring sich mit seiner flüsternden Stimme am Gespräch der anderen Charaktere oder am Lauf der Handlung beteiligen.

Peter Jackson hat sich das Wohlwollen der Fans eben nicht durch eine puristische Umsetzung der Handlung, sondern durch den Einsatz von Details und Designs verdient. Es sind die Kleinigkeiten, die diesen Film so wertvoll für den Tolkien-Fan machen: Boromirs Armschienen, Thorins Schatzkarte in Bilbos Smial oder Barahirs Ring am Finger von Aragorn. Hinzu kommen natürlich die grandiosen Kulissen, die Jacksons Team geschaffen hat. Dies beginnt mit den friedlichen Einstellungen des Auenlandes, wo jeder Leser zwangsläufig das Gefühl erhält, er sei nach Hause gekommen, reicht weit hinaus über das finstere Bree oder die Wetterspitze, über das romantische Bruchtal und die grandiosen unterirdischen Hallen der Zwergenbinge bis hin zum Goldenen Wald Lothlorien.

Es scheint so, als habe Jackson zusammen mit Kameramann Andrew Lesnie den Gemälden der Tolkien-Künstler Alan Lee und John Howe Leben eingehaucht.

## Wie hat Jackson den Film aufgebaut?

Der Film beginnt nicht im Auenland, sondern in einer dunklen Leere, vor der Schöpfung aller Zeit. Wir hören eine elbische Stimme leise Worte flüstern, und dann werden wir Zeugen wie Cate Blanchett als Galadriel einige Zeilen spricht, die im Roman vom Ent Baumbart stammen. Sie erzählt die Schöpfungsgeschichte der Ringe und erste Bilder folgen. Aber die Kamera fliegt nicht über weite Wälder oder große Ebenen. Die Bilder beginnen im Detail und zeigen das Schmieden der Elbenringe. Allein dieser gelungene Start spricht für den gesamten Film! Peter Jackson war zunächst unzufrieden und experimentierte lange an der Anfangsszene herum. Selbst wenige Wochen vor Kinostart erreichten immer wieder neue Drehbuchentwürfe die deutschen Synchronstudios, da Jackson den Anfang wieder einmal umgeschnitten hatte. Doch nun können wir für Jacksons Drang nach Perfektion dankbar sein, denn weltweit stand den Fans in der Nacht vom 18. auf den 19. Dezember 2001 der Atem still, als sie Galadriels Worten gebannt lauschten.

*Jackson nahm sich sehr viel Zeit, um das idyllische Auenland zu errichten.*

Peter Jackson kam aber nicht drum herum, auch die alte Landkarte von Mittelerde zu zeigen! Die Karten in Tolkiens Werken verleihen der Welt Glaubwürdigkeit, erst dadurch nehmen die Orte und Wanderstrecken Realität an. Die Karte ist der Schlüssel zu Mittelerde. Und so ist es eben auch in diesem Film.

Als der Prolog schließlich epische Züge annimmt, wird so manchem Zuschauer bewusst, dass er Ereignissen beiwohnt, die einer Götterdämmerung gleichkommen: Armeen der Elben und Menschen, das letzte Bündnis, ziehen zu den Hängen des Schicksalsberges, und der aufmerksame Zuschauer erblickt hier bereits Elrond (Hugo Weaving) und sogar Elbenkönig Gil-Galad (Mark Ferguson). Wir befinden uns mitten im zweiten Zeitalter von Mittelerde in einer der entscheidenden Schlachten. Die Bilder sind finster und bedrückend. Es herrscht eine apokalyptische Stimmung, und noch immer berichtet Galadriel aus dem Off von den Ereignissen. Tolkien-Fans bekommen einen guten Eindruck davon wie eine Verfilmung des „Silmarillion" wahrscheinlich aussehen würde.

Als der lange Prolog endet, wird der Zuschauer in eine komplett andere Welt geführt: ins warme, angenehme Auenland der Hobbits. Bilbos Wanderlied singend, nähert

*Nur knapp entkommen die Hobbits den schrecklichen Nazgûl.*

durch den Appetithappen der grandiosen Minas Tirith Kulissen entlohnt.

Mit Gandalfs Rückkehr ins Auenland gewinnt der Film nun rasant an Tempo. Die wahre Herkunft des Rings wird offenbart, und damit beginnt auch die Bedrohung des Auenlandes durch die grausamen, schwarzen Reiter. Die Jagd beginnt!

Es folgt Gandalfs Gespräch mit Saruman. Christopher Lee geht in der Rolle des verräterischen Istaris geradezu auf. Er spielt den weißen Zauberer mit solcher Eindringlichkeit und Intensität, als sei er es leibhaftig! Zurück zu den Hobbits: Eine atemlose Jagd hat begonnen, und immer nur knapp entkommen die Halblinge den schrecklichen Nazgûl. Diese schwarzen Reiter hätten nicht Furcht erregender gestaltet werden können. Sie

sich Gandalf in einem knarrenden Karren Hobbingen. Ein wunderbarer Anblick: Die Luft ist erfüllt von schwebenden Insekten und Blütenstaub; das Grün könnte nicht kräftiger sein – eindeutig die Handschrift des Kameramannes Andrew Lesnie, der schon bei „Ein Schweinchen namens Babe" mit Bildern zu beeindrucken wusste, die wie bewegte Ölgemälde schienen. Ohne es bemerkt zu haben, befinden wir uns mitten in der Handlung, mitten im Auenland. Die Geschichte hat begonnen, und die schrecklichen Ereignisse aus dem zweiten Zeitalter scheinen in weite, weite Ferne gerückt.

Peter Jackson schwelgt in den romantischen Bildern von Howe und Lee, und so wird den Fans nicht eine komplett neue Welt geboten, sondern ein sehr vertrautes Mittelerde. Peter Jackson war der Einstieg mit dem Auenland sehr wichtig, und er verwendete viel Zeit auf diese Szenen und die Kulisse, für die man über ein Jahr benötigte, um sie zu errichten. Das Auenland bedeutet Heimat, dies wird umso deutlicher, wenn Gandalf Bilbos Wohnhöhle Beutelsend betritt.

Diese Höhle ist angefüllt mit unzähligen Details, die voller Geschichten und Bedeutungen stecken. Höhepunkt dieses ersten Abschnitts ist das Gespräch zwischen den beiden Spitzendarstellern Ian McKellen als Gandalf und Ian Holm als Bilbo. Zum ersten Mal wird Gandalfs Macht subtil angedeutet. Er scheint mehr zu sein als ein alter, seniler Zauberer, der Feuerwerke abbrennt.

Der nun folgende Zeitsprung von 18 Jahren wird leider nicht deutlich, und Gandalfs „Abstecher" in die Bibliothek von Minas Tirith scheint nur eine Tagesreise zu dauern. Vielleicht wollte Peter Jackson den Zuschauer nicht durch einen weiteren Zeitsprung verwirren. Fans werden natürlich

sind die Inkarnation des Bösen, ihre blechernen Schreie gehen durch Mark und Bein und jagen dem Zuschauer Gänsehaut über den Rücken. Ab sofort vermitteln sie bis zur Mitte des Films eine ständig anwesende Bedrohung.

Für die Ankunft in Bree wählte Peter Jackson eine dunkle, verregnete Nacht als Ausgangsszenario, denn er wollte, dass den Hobbits (und den Zuschauern) bewusst wird, dass sie nun endgültig die friedliche Umgebung des Auenlandes verlassen haben. Das erste Mal befinden sie sich in der Fremde. Und auch das erste Auftauchen von Streicher (Viggo Mortensen) wirkt wie im Roman bedrohlich. Interessantes Detail in Bree: Peter Jackson scheint sich bei der Szene, in der die Ringgeister die Betten der Hobbits zerfetzen, stark von Ralph Bakshis Filmversion inspiriert haben zu lassen, denn die Montage der Schnitte vermittelt genau wie im Zeichentrickfilm von 1978 für einen Moment den Eindruck, die Hobbits seien von den Nazgûl getötet worden.

An der Wetterspitze kommt es zur ersten, verhängnisvollen Begegnung mit den Nazgûl, bei der Frodo schwer verletzt wird. Kurz darauf folgt auch schon in den Trollwäldern die Begegnung mit Arwen (Liv Tyler). Ein leichter Glanz liegt über Arwens Antlitz, aber Frodo, der sich schon halb in der Geisterwelt befindet, sieht Arwen als engelhafte, strahlende Gestalt, so wie die Ringgeister die Elben sehen.

Eine der größten Herausforderung für Peter Jackson bestand in der Darstellung der Elben, und sicherlich hat er nicht jedermanns Geschmack getroffen, dennoch gelingt es ihm auf eine einzigartige Weise, mit einem eigenen Stil, diese androgynen Wesen zu porträtieren.

Dies wird nun vor allem im friedlichen Bruchtal deutlich, wo das erste Mal eine ganze Reihe Elben auftauchen. Nun beginnt auch die Vorstellung der übrigen Charaktere, die alle sehr klar gezeichnet sind und darstellerisch ohne Ausnahme glänzen.

Selbstverständlich können nicht alle Schauspieler die Vorstellungen der Fans treffen, beispielsweise Hugo Weaving hatte es als Elrond schwer, die Akzeptanz einiger Fans zu finden, doch wer hält sich noch an solchen Details auf, wenn man vor Spannung und Bilderflut kaum wagt Luft zu holen? Während der anschließenden Reise der Gefährten scheinen kurzzeitig die bombastischen Effekte die Oberhand über die Handlung zu gewinnen, vor allem in den Minen von Moria wird dem Zuschauer ein oscarreifes Effekte-Feuerwerk präsentiert, und der Film erreicht seinen spannendsten Höhepunkt bei der Begegnung mit dem Balrog. Doch ganz nach Jacksons Leitsatz bleibt immer die Handlung der Star des Films!

Zauberhaft und mystisch ist der Elbenwald Lothlórien gestaltet, der sich stark vom heimeligen Bruchtal unterscheidet. Regisseur Peter Jackson macht deutlich, dass die Charaktere in diesem Wald Fremdkörper sind, der Wald wirkt bedrohlich und geisterhaft zugleich, unwirklich. Jackson setzt im Gegensatz zu Tolkien auf eine bewusste Unterscheidung zu Imladris. Brillanter Höhepunkt: Die marienhafte Cate Blanchett als mächtige Galadriel. Und auch wenn das Finale des Films am Amon Hen es schließlich nicht mehr schafft, die Spannung der Moria-Sequenz zu übertreffen, so bietet sie dennoch einen würdigen Abschluss des Handlungsbogens und des ersten Teils. Und erst an dieser Stelle offenbart sich der größte Nachteil des Films! Er endet nach drei Stunden abrupt, obwohl jeder Zuschauer für den Rest gerne noch einige Stunden im Kino verbracht hätte, und die Fans stellten sich die Frage, wie sie diese einjährige Werbeunterbrechung überstehen sollen.

Aber mit Jacksons Film-Trilogie ist es eben wie mit einem gutem Essen: Man soll nicht begierig alles auf einmal hinunterschlingen, sondern es mit viel Zeit genießen. Denn je länger man auf den nächsten Gang wartet, umso größeren Appetit bekommt man.

Ohne Zweifel ist dieser erste Film eine würdige, epische Interpretation des Romans nach J. R. R. Tolkien, aber eben mit Peter Jacksons ganz eigenem, unverkennbaren Stil gewürzt.

*Die Schlacht am Amon Hen – ein würdiger Filmschluss, auch wenn er die Spannung der Moria-Sequenz nicht übertreffen kann.*

# Kapitel 3

# Details, Filmfehler und Wissenswertes aus »Die Gefährten«

Es gibt so gut wie keinen Film in der Geschichte des Kinos, der von sich behaupten könnte, frei von Filmfehlern zu sein, und besonders bei Blockbustern schauen die Fans ganz genau hin. Filmfehler können durch die unterschiedlichsten Gegebenheiten auftreten, wobei durch die so genannte „Continuity" wohl die häufigsten Patzer entstehen. Ein Continuity-Fehler bedeutet, dass der Übergang der Szenen nicht ganz stimmt oder irgendwo ein Anschluss fehlt. Beispielsweise wenn der Filmheld eine Wunde im Gesicht zugefügt bekommt, die in der nächsten Szene plötzlich wieder verschwunden ist. Diese Filmfehler entstehen meistens im Schnittraum, wenn sich Regisseur und Cutter überlegen, die Szenen anders zu schneiden, als es zunächst geplant war, oder sie zu kürzen.

Ein weiterer populärer Fehler ist das berühmte Mikrofon im Bild, oder auch wenn andere Teile der Kamera-Crew kurz sichtbar sind, beispielsweise durch eine Spiegelung im Hintergrund oder in einer Sonnenbrille.

Aber meistens sorgen die anachronistischen Filmfehler für besondere Belustigung. Bestes Beispiel hierfür ist die obligatorische Armbanduhr im Römer-Sandalen-Schinken oder ein Ford Transit im Hintergrund bei einem gewissen schottischen Epos um William Wallace.

In paradoxer Verehrung für solche Filmfehler haben sich besonders im Internet schon ganze Fangemeinden gegründet, die sich bewusst auf die Suche nach diesen so genannten „Goofs" begeben. Immer wieder schauen sie den Film an, der dran glauben soll, und achten dabei auf jedes Detail. Für diese Leute ist natürlich die DVD mit ihrer Bild-für-Bild-Funktion eine besondere Bereicherung. Aber warum begibt man sich auf die Suche nach solchen Details? Wahrscheinlich gefällt den Fans der Gedanke, dass die Traumfabrik Hollywood nicht von Göttern, sondern ebenfalls nur von Menschen betrieben wird. Und die Goofs, als Resultate menschlichen Versagens, verleihen den Filmen einen Hauch mehr Menschlichkeit und machen sie daher sympathisch.

Während sich die Goof-Fans bei „Die Gefährten" auf die Suche nach diesen Filmfehlern machten, fielen ihnen aber auch jede Menge anderer erwähnenswerter Details auf, die wohl viele Zuschauer nicht bemerkt haben: vom Gastauftritt des Regisseurs, bis hin zu einem computeranimierten Vogelnest im Auge eines Argonath.

## Mondrunen bei Tageslicht

Während Gandalfs erstem Besuch bei Bilbo schaut sich der Zauberer die alte Landkarte von Thorin Eichenschild an, die den Zuschauer in wunderbarer Art an Bilbos frühere Abenteuer erinnern soll. Doch fälschlicherweise hat der Requisiteur die gesamte Karte nach Tolkiens Vorlage übertragen, mitsamt der magischen Mondrunen am linken Rand, die eigentlich nur bei dem Mondlicht in einer bestimmten Nacht des Jahres zu sehen sind.

## Gandalfs mystischer Schal

Bei seiner Ankunft im Auenland hängt an der Seite von Gandalfs Kutsche sein grau-silberner Schal, der aber in einigen Einstellungen plötzlich wieder verschwunden ist. Was es mit diesem seltsamen Schal auf sich hat, wurde bisher nicht erläutert. Allerdings hat sich die Geschichte um dieses Kleidungsstück geklärt: Als Ian McKellen in Neuseeland mit den ersten Kostümproben begann, fiel ihm auf, dass der silberne Schal aus dem Roman bei dem Kostüm fehlte, und auf seine Frage hin wurde ihm erklärt, dass der Schal nicht zu dem Kostüm passen würde. Da aber Ian McKellen darauf bestand, dass der Schal aus Tolkiens Beschreibung auftaucht, kam es dazu, dass er bei späteren Aufnahmen an Gandalfs Karren gehängt wurde.

## Peter Jacksons Hobbit-Kinder

Unter den Hobbit-Kindern, denen Bilbo die Anekdote mit den drei Trollen von seinen früheren Abenteuern erzählt, befinden sich auch die beiden Kinder des Regisseurs Peter Jackson und dessen Frau, der Drehbuchautorin Fran Walsh. Billie und Katie Jackson tauchen im Abspann des Films als „Cute Hobbit Children" auf.

*Hobbit-Kinder aus dem Film auf der Premiere in Wellington.*

## Die unsichtbaren Dokumente

Hierbei handelt es sich um einen typischen Continuity-Fehler. Als der Zauberer Gandalf den Hobbit Sam beim Lauschen erwischt und ihn auf den Tisch in Beutelsend wirft, sieht man einige handbeschriebenen Dokumente auf dem Tisch unter Sams rechter Schulter. Aber in den Zwischenschnitten sind diese Dokumente immer mal wieder verschwunden und tauchen dann plötzlich erneut auf. Hier ist es ganz offensichtlich: Diese Szene wurde mehrmals gedreht, und die verschiedenen Takes (mal mit, mal ohne Dokumente) setzte man dann zu einer Szene zusammen.

## Das obligatorische Auto

Besonders gerne wird bei historischen oder phantastischen Filmen ein Auto im Hintergrund entdeckt, und so meinten auch einige Zuschauer dieses Films ein Auto erspäht zu haben. In der Szene, in der Sam am Rande des Auenlandes stehen bleibt und sagt, dass er noch nie weiter von Zuhause weg war, ist im Hintergrund oben rechts ein sich schnell bewegender Schimmer zu sehen. Kein anderer vermeintlicher Filmfehler wurde von den Herr-der-Ringe-Fans so oft und ausgiebig diskutiert. Die meisten Fans wünschen sich geradezu, dass es sich um ein Auto handelt. Andere Fans sind der wesentlich realistischeren Ansicht, dass es sich um Rauch handelt, der aus dem Schornstein der ebenfalls sichtbaren Hütte aufsteigt. Das Geheimnis, um was es sich genau handelt, wird wohl nie gelüftet werden. Denn als Regisseur Peter Jackson diese Diskussion zu Ohren bekam, setzte er ihr ein Ende, indem er den weißen Fleck für die DVD- und Video-Veröffentlichung einfach wegretuschieren ließ.

## Tolkien, der Designer

Neben dem Schreiben besaß Autor J. R. R. Tolkien noch eine weitere Leidenschaft: das Zeichnen. Und so hatte er auch viele Landschaften, Karten und Gegenstände illustriert. Um den Beschreibungen der Roman-Vorlage möglichst nahe zu sein, haben sich die Designer der Filmtrilogie dazu entschlossen, alle vorgegebenen Bilder von Tolkien zu übernehmen. Bei Gegenständen wie etwa Balins Grabplatte, Thorins Karte, die Ringinschrift oder das Tor von Moria handelt es sich also um Original-Designs von Tolkien.

## Frodo, der Fingernägel-Kauer

Ein weiterer Continuity-Fehler: Während des gesamten Films verändert sich immer wieder die Länge von Frodos Fingernägeln. In einigen Aufnahmen sind sie sehr abgekaut und dreckig, in anderen Szenen, wie beispielsweise in der Szene, als sich die Hobbits vor dem schwarzen Reiter verstecken, sind die Fingernägel plötzlich lang und manikürt. Dieser Fehler resultiert aus der Tatsache, dass einige Szenen von Frodos Händen mit einem Handdouble nachgedreht und später in den Film eingefügt worden sind.

*Einige Szenen von Frodos Händen wurden mit einem Handdouble nachgedreht.*

## Ein Säufer in Bree

Während sich die Hobbits durch den verregneten Ort Bree zum Gasthaus schleppen, ist kurz ein bärtiger Mann zu sehen, der in eine Möhre beißt. Dieser Mann ist Regisseur Peter Jackson bei seinem Gastauftritt. Jackson verriet bereits, dass er in allen drei Teilen kurz zu sehen sei, aber seinen Auftritt im ersten Teil hatte er zunächst anders geplant. Eigentlich wollte er stilvoll eine Pfeife rauchen, doch dies erwies sich bei dem strömenden Regen als äußerst kompliziert. So musste schnell ein Ersatz her, und Möhren gab es in rauen Mengen am Set.

## Pippin im »Tänzelnden Pony«

Die totale Personenverwirrung: Achtung nun wird's kompliziert! Im „Gasthaus zum Tänzelnden Pony" kehrt Merry mit einem Krug von der Bar zurück und Pippin erhebt sich, um sich auch einen zu holen. Man sieht Pippin, wie er sich der Theke nähert, und in diesem Moment werden Sam und Frodo auf Streicher aufmerksam. Als Frodo sich bei Butterblume erkundigt, wer dieser Fremde sei, sitzt Pippin plötzlich wieder am Tisch, aber Merry ist verschwunden. Im nächsten Schnitt steht Pippin wieder an der Theke. Wer soll bei einem solchen Wirrwarr noch den Überblick behalten?

## Streichers Kamera-Berührung

Wie unpraktisch das gesamte Gepäck samt Waffen auf dem Rücken eines Waldläufers sein kann, sieht man in der Szene, in der Streicher die Hobbits von Bree nach Bruchtal führt: Er stößt mit seinem Bogen auf dem Rücken gegen die Kamera, die daraufhin kurz wackelt.

## Drei versteinerte Trolle

Jackson hat kurz vor der Begegnung mit Arwen für die Tolkien-Fans eine sehr schöne Randbemerkung eingebaut. Die Hobbits lassen sich zusammen mit Streicher im Schatten von drei großen versteinerten Trollen nieder. Es handelt sich um jene Trolle, die knapp 78 Jahre zuvor Bilbo und die 13 Zwerge gefangen nahmen, nur durch Gandalfs Weisheit überlistet werden konnten und so zu Stein wurden. Nachzulesen in „Der Hobbit".

## Rechte Hand, linke Hand

An der Bruinen-Furt kurz vor Bruchtal kommt es zu einem der klassischen Continuity-Fehler. Nachdem Arwen mit Frodo den Fluss überquert hat, nähern sich die Ringgeister und ziehen dann alle gleichzeitig ihre Schwerter mit ihren linken Händen. Aber direkt in der nächsten Aufnahme halten sie alle ihre Schwerter in der rechten Hand. Wie entsteht ein solcher Fehler? Ganz einfach! Eine der beiden Aufnahmen musste anscheinend horizontal gespiegelt werden, damit die Grundachse der Szene wieder stimmt. So werden aus rechten Händen linke.

## Geländer in Bruchtal

Einen inhaltlichen Fehler wollen viele Fans in Bruchtal entdeckt haben, denn in der Szene, in der Frodo und Sam sich unterhalten, sind die Geländer am Rande der Veranda anscheinend auf Hobbithöhe errichtet. Elben müssten eigentlich viel höhere Geländer besitzen, denn was würden Geländer nutzen, die ihnen nur bis zu den Knien reichen. Aber tatsächlich kann auch dies der Fall sein, denn bekanntlich ist Elrond sehr gastfreundlich. Warum soll er Teile seines Hauses also nicht auf Hobbits ausgerichtet haben?

## Gandalfs mystischer Stab

Bei diesem vermeintlichen Filmfehler wurde zunächst die Tatsache erklärt, dass Saruman dem Zauberer Gandalf im Kampf dessen Stab abnimmt. Als Gandalf aber in Bruchtal wieder auftaucht, hat er den Stab zurück. Dies sei ja eigentlich unmöglich. Wer aber genau hingeschaut hat, kann erkennen, dass es sich bei dem zweiten Stab um einen ganz anderen handelt. Im zweiten Teil wird Gandalf abermals einen neuen, weißen Stab bekommen, der sich deutlich von seinen Vorgängern unterscheiden wird. Gandalf-Darsteller Ian McKellen äußerte sich zu diesem Thema einmal scherzhaft: „Wahrscheinlich hat Gandalf irgendwie eine geheime Höhle mit unzähligen Ersatzstäben." Ein besonders interessantes Detail beim ersten Stab ist übrigens das „versteckte Fach" für Gandalfs Pfeife, aus dem in einigen Szenen das Mundstück der Pfeife hinausschaut.

## Frodos Schwert überlastet?

Als Bilbo seinem Neffen Frodo das Schwert Stich übergibt, erzählt dieser ihm, dass es blau leuchte, wenn sich Orks nähern. Und tatsächlich, als sich erste Orks in Moria nähern, strahlt die Klinge in gleißend blauem Licht. Als die Gefährten aber nach dem Scharmützel mit dem Höhlentroll durch die große Halle von Kazad-dûm fliehen und schließlich von Tausenden Orks umzingelt werden, scheint das Schwert überlastet zu sein, denn weder ein Leuchten, noch ein blasser Schimmer sind zu sehen.

## Künstliche Füße

Im gesamten Film gibt es einige Szenen, in denen durch die Aufregung der Geschehnisse die künstlichen Füße der Hobbit-Darsteller sichtbar werden. Als beispielsweise Frodo auf dem schneebedeckten Caradhras stolpert und dabei den Ring verliert, kann man kurz sehen, dass seine Füße nur angefügt wurden. Der Übergang zu seinem Bein ist deutlich zu erkennen.

## Die Geschenke der Herrin

Nachdem die Gefährten den Elbenwald Lothlórien verlassen haben, hat sich ihre Ausrüstung merklich vermehrt. Denn obwohl dies nicht zu sehen war, haben alle Gefährten von Galadriel Geschenke bekommen. Legolas erhielt einen neuen Bogen, Frodo die Phiole mit Éarendils Licht, alle tragen Elbenmäntel mit einer Spange in Form eines Mallorenblattes, und Sam hat ein Elbenseil aus Hithlain dabei. Für die erweiterte „Special Extended Version" des Films, die im November 2002 auf den Markt kommen soll, wurde die Geschenkübergabe wieder in die Handlung integriert.

## Der Arm des Argonath

Die beiden gigantischen Standbilder von Isildur und Anárion am Anduin strecken ihre beiden Arme zum Gruß, und einige Fans meinen erkannt zu haben, dass bei der Rückansicht der beiden mächtigen Statuen die linke den falschen Arm erhoben hält. Dies ist aber auf jeden Fall eine Täuschung, denn für diese Aufnahme wurde nur ein Modell gebaut, das von beiden Seiten gefilmt wurde. Wie bereits erwähnt, findet sich an dieser Stelle aber ein ganz anderes interessantes Detail: Wer genau hinschaut, kann im Auge von Isildur ein kleines animiertes Vogelnest erkennen, aus dem zwei Vögel aufsteigen, als die Kamera vorüberfliegt.

Kapitel 4

# Vorschau auf »Die zwei Türme« und »Die Rückkehr des Königs«

Fast die gesamte Nation hat inzwischen den ersten Teil „Die Gefährten“ im Kino gesehen, und eigentlich sollte auch jeder das Buch gelesen haben. Für all diejenigen, die es noch nicht getan haben oder sich nicht mehr so gut an die Handlung erinnern können, soll hier noch einmal zusammengefasst werden, wie die Geschichte nach dem Zerfall des Bundes weitergeht. Diese Zusammenfassung erläutert die Geschichte, wie sie im Roman „Der Herr der Ringe“ geschildert wird, mit einzelnen Kommentaren, wie dies im zweiten und dritten Teil der Kinosaga für die Leinwand wahrscheinlich umgesetzt werden wird. Bevor ihr weiterlest, sei noch darauf hingewiesen, dass in folgender Zusammenfassung auch wichtige Handlungswendungen verraten werden. Also Vorsicht: Spoilergefahr!

*Nach dem Zerfall des Bundes ziehen Sam und Frodo alleine weiter.*

## Der Zerfall des Bundes

Frodo (Elijah Wood) und Sam (Sean Astin) haben den See überquert und ziehen nun gen Osten durch die Emyn Muil weiter. Die Hobbits Merry (Dominic Monaghan) und Pippin (Billy Boyd) befinden sich in der Gewalt der Uruk-hai. Aragorn (Viggo Mortensen), Gimli (John Rhys-Davies) und Elb Legolas (Orlando Bloom) haben sich dazu entschlossen, Frodo und Sam ziehen zu lassen. Stattdessen wollen sie die Uruk-hai verfolgen, um Merry und Pippin vor Folter oder Schlimmerem zu bewahren. Die Gemeinschaft ist zerstört.

Während die drei Jäger der Spur der Uruks folgen, treffen sie immer wieder auf Orte von Auseinandersetzungen: Tote Orks weisen darauf hin, dass noch jemand anderes auf der Jagd nach diesen Kreaturen ist.

Am vierten Tag ihrer Verfolgung treffen sie auf eine Gruppe Reiter. Es sind die berühmten Rohirrim. Die Helden haben die äußeren Grenzen des Königreiches Rohan erreicht. Rohan war lange Zeit ein Teil von Gondor, hat sich allerdings abgespalten und bildet nun ein eigenes Herrschaftsgebiet. Die Rohirrim – nordische, edle Krieger – sind berühmt für ihre Pferde und ihre Reiterei. Sogar die Rappen der neun schwarzen Reiter aus dem ersten Teil waren aus ihrem Land gestohlen. Die Landschaftsaufnahmen für Rohan wurden fast ausschließlich auf der Südinsel Neuseelands gedreht. Doch für die Crew von Peter Jackson war es gar nicht so einfach, die geeignete Umgebung zu finden, schließlich wollte man Kamerafahrten bewerkstelligen, bei denen man bis zum Horizont nur die grasige Steppenlandschaft sieht.

Der Anführer der Reiter nennt sich Éomer (Karl Urban) und ist der Neffe des Königs. Er ist Aragorn freundlich gesonnen, und Aragorn erzählt Éomer was geschehen ist. Éomer kann bestätigen, dass es seine Männer waren, die bereits viele der Uruks getötet haben. Die beiden sprechen auch von Saruman (Christopher Lee), denn der verräterische Zauberer lebt bekanntlich an den Grenzen von Rohan in seinem Turm und stellt eine zunehmende Bedrohung dar. Saruman erscheine mal hier, mal dort als ein alter Mann in Kapuze und Mantel, erzählt Éomer, man solle sich vor ihm hüten. Er leiht Legolas und Aragorn zwei edle Pferde aus Rohan (Gimli reitet auf dem Pferd von Aragorn mit; im Film aber bei Legolas), um ihre Suche nach ihren Freunden zu erleichtern. Dann verabschieden sich die Krieger von den drei Helden.

*Dreharbeiten in „Mordor"*

So geht die Suche auf dem Rücken der Pferde weiter. Nach einem weiteren Tag treffen die drei Gefährten auf ein weiteres Schlachtfeld: Viele Orks sind verbrannt worden, die Asche glüht noch. Die Hoffnung der Freunde schwindet immer mehr, und sie vermuten, dass auch die Hobbits wohl längst getötet und verbrannt worden sind.

Als sie abends am Feuer sitzen, lässt ein Rascheln im Gebüsch sie aufschrecken. Ein alter Mann, in einen Mantel gehüllt, den breitkrempigen Hut tief ins Gesicht gezogen, steht schweigend in der Nähe ihres Feuers. Bevor die drei die Lage begreifen, ist der mysteriöse Fremde wieder in der Nacht verschwunden – und mit ihm die Pferde.

## Uruk-hai und Baumhirten

Im Roman findet nun der erste Handlungssprung statt, denn Tolkien schickt den Leser drei Tage in die Vergangenheit, an einen Ort ganz in der Nähe:

Pippin wacht auf und ist von Hunderten Uruk-hai umgeben. Seine Beine und Arme sind mit Stricken gefesselt, neben ihm auf dem Boden liegt Merry. Pippin erinnert sich nur noch an einen Kampf und wie Boromir, der sie retten wollte, von einem Pfeilhagel der Orks tödlich getroffen wurde.

Die Hobbits bekommen aus den Gesprächen mit, dass ein Teil der Orks nicht nur Saruman dem Weißen dient, sondern auch dem finsteren Herrscher Sauron. Die Uruks stehen unter dem Kommando von Uglùk (Nathaniel Lees), einem der brutalsten Uruk-hai aus Mittelerde. Ohne Frage wird Uglùk selbst den Furcht einflößenden Lurtz aus dem ersten Teil in den Schatten stellen und die gesamte Dramatik und Ernsthaftigkeit des zweiten Films unterstreichen.

Uglùk hat den Auftrag, die beiden Hobbits lebendig nach Isengart, zum Turm von Saruman zu bringen. (Dieser Auftrag bezog sich natürlich eigentlich auf die beiden Hobbits Frodo und Sam, denn wie der Zuschauer im ersten Teil erfahren hat, möchte der Istari den Einen Ring an sich reißen.)

Nach einem Tag in den Fängen dieser Kreaturen gibt es eine Auseinandersetzung zwischen den Orks, denn ein anderer Orkstamm, unter dem Kommando von Grischnákh, hat den Befehl, die Hobbits in das Land Mordor zu bringen, zu Sauron, dem feurigen, lidlosen Auge.

Der Streit wird jäh durch einen Angriff der blonden Reiterschar von Rohan unterbrochen. Viele der Orks fallen, aber Grischnákh reagiert geistesgegenwärtig, schnappt sich die beiden Hobbits und flieht mit ihnen unter dem Arm. Doch während der Flucht wird der Ork von einem Speer durchbohrt und die Hobbits landen auf dem Boden, abseits des Kampfgetümmels. (Den Platz dieses Kampfes werden Aragorn, Legolas und Gimli später finden.) Um einer weiteren Gefangennahme zu entgehen, fliehen Merry und Pippin durch die Nacht in einen nahen Wald.

Es ist zu vermuten, dass solche Sprünge von Ort, Handlung und Zeit von Peter Jackson in viel schnellerer und paralleler Weise montiert werden, sodass der Zuschauer zu sehen bekommt, was die verschiedenen Gruppen gleichzeitig erleben. Er wird kaum Tolkiens Methode übernehmen und eine Handlung nach der anderen abhaken.

Fangorn heißt der Wald, durch dessen dichtes Unterholz sich die beiden Hobbitfreunde Merry und Pippin nun schlagen. Celeborn aus Lorien hatte sie vor dem Zauber dieses Waldes gewarnt. Am nächsten Tag besteigen sie einen kleinen, baumlosen Hügel, um auf der Anhöhe einen Überblick zu bekommen und zu sehen, wo genau sie sich befinden. Auf dieser Anhöhe treffen sie auf den Ent Baumbart, den Herrn des Waldes, einen Baumhirten. Baumbart sieht, wie alle Ents, fast selbst wie ein Baum aus. Er ist einige Meter groß, hat Rinde und Äste, und seine Füße sind von Wurzelwerk umgeben. Baumbart lebt schon seit Tausenden von Jahren auf Mittelerde, noch bevor die Menschen und Elben kamen, doch seine Art ist dem Untergang geweiht.

Der magische Fangorn-Wald wurde mitten in Wellington, in den Innenstudios errichtet, denn die Crew fand keinen Wald, der magisch und geheimnisvoll genug aussah.

Baumbart, der im Film zu 99 % computeranimiert sein wird, lädt die beiden Hobbits in seine Halle ein und gewährt ihnen Gastfreundschaft. Die beiden freunden sich mit Baumbart an und erzählen ihm von den Ereignissen in der Welt. Baumbart kennt Gandalf, aber auch die Orks und Saruman sind ihm ein Begriff. Er hasst Orks, weil sie ohne Grund durch seine Wälder streifen und Bäume abhacken (viele der Bäume waren seine Freunde), und auch Saruman mag er nicht, weil dem Zauberer mehr an Maschinen und Rädern liegt als an wachsenden Lebewesen.

Am nächsten Tag versammeln sich die Ents, um sich zu beraten. Drei Tage dauern die Besprechungen in der langsamen Entsprache an, dann fassen die Baumhirten einen Beschluss: Sie wollen Isengart angreifen (wo Saruman wohnt), um dem Unheil ein Ende zu bereiten.

So wandern die letzten Ents von Mittelerde zusammen mit Merry und Pippin (die von den Baumhirten getragen werden) in Richtung Isengart.

## In Rohan

Eine Nacht ist erst vergangen, seit Gimli, Legolas und Aragorn ihre Pferde durch den alten, geheimnisvollen Mann verloren haben. Wieder zu Fuß begeben sie sich auf die Suche nach Merry und Pippin.

Und wie ein Wunder stößt der Elb Legolas plötzlich auf die Spuren der beiden Hobbits, Hoffnung kommt auf. Sie folgen der Fährte bis zu der Anhöhe im Fangorn-Wald, wo die beiden Hobbits am Vortag auf Baumbart trafen.

Während sie sich noch besprechen, taucht wieder der alte Mann auf, ganz in schmutzige, graue Lumpen gehüllt. Er stützt sich auf einen Stab, sein Gesicht ist durch die Hutkrempe verdeckt. Sie zücken ihre Waffen und sprechen ihn an: Wer er sei und was er in diesem Wald suche. Doch der alte Mann spricht nur in Rätseln, bis er seinen grauen Mantel zurückwirft. Darunter ist er ganz in Weiß gekleidet. Seine Gestalt richtet sich auf, und er scheint auf einmal groß und mächtig. Es besteht kein Zweifel mehr: Saruman der Weiße hat sie gefunden. Der Zauberer hebt seinen Stab, die Waffen der Helden fallen durch mächtige Magie zu Boden, Legolas Pfeil geht in Flammen auf. Doch in diesem Moment begreifen die Helden: Es ist nicht Saruman, der dort vor ihnen steht, sondern Gandalf. Der alte Freund ist zurückgekehrt! Er ist nun mächtiger als je zuvor.

Bereits im ersten Trailer zu „Die zwei Türme" konnte man einige eindrucksvolle Ausschnitte dieser Szene bewundern und einen ersten Blick auf den verblüffend veränderten Gandalf werfen.

Saruman hat seinen Rang verloren, und nun ist Gandalf sein Nachfolger: Fortan ist er Gandalf der Weiße. Was für ein Wiedersehen! Die vier sitzen bis lange in die Nacht hinein am Feuer, und Aragorn erzählt dem Zauberer, was sich seit seinem Sturz in den Abgrund von Moria ereignet hat. Im Film werden diese Szenen als Rückblicke zu sehen sein. In Hinsicht auf Merry und Pippin kann Gandalf die Gefährten beruhigen, ihnen gehe es gut und man müsse nicht länger nach ihnen suchen. Außerdem verfolgt der Zauberer einen anderen Plan, denn es gilt das Königreich Rohan und dessen König Théoden zu retten (seinen Neffen Éomer haben die Freunde ja bereits kennen gelernt). Um den weiten Weg bis nach Edoras, der Hauptstadt von Rohan, zurückzulegen, wartet Gandalf noch mit einer weiteren Überraschung auf: Er hat die Pferde der Rohirrim dabei.

*König Théoden – Der von Gandalf geheilte König ruft in „Die zwei Türme" seine Krieger zusammen, um gegen Saruman in den Krieg zu ziehen.*

Zwei Tage reiten die Gefährten, bis sie sich Edoras nähern. Als sie dem König selbst gegenüberstehen, sind die Gefährten beunruhigt. Dieser Mann soll die Streitmacht von Rohan in den Krieg führen? Gebeugt und altersschwach sitzt er auf seinem Thron, kaum fähig zu gehen. König Théoden (Bernard Hill) ist ebenso geschwächt wie sein Königreich. An seiner Seite kauert ein neuer Ratgeber, dessen Einflüsterungen ihm den Geist vernebeln und ihn krank machen. Grima Schlangenzunge (Brad Dourif) ist der engste Berater Théodens, aber niemand ahnt etwas von seiner wahren Identität. Denn tatsächlich ist Grima ein Spion in Sarumans Diensten.

Schließlich ist es Gandalfs mächtiger Zauber, der Grimas bösen Bann löst. Gandalf heilt den König von seinem

Leiden und verjagt den Spion aus Edoras. Auch Théodens Neffe Éomer und dessen Schwester Éowyn (Miranda Otto) verfolgen die Genesung ihres Onkels mit großer Freude. Éowyn, die im dritten Teil noch eine entscheidende Rolle spielen wird, liebt Aragorn (Viggo Mortensen) seit sie ihn das erste Mal gesehen hat. Aragorn aber kann diese Liebe nicht erwidern.

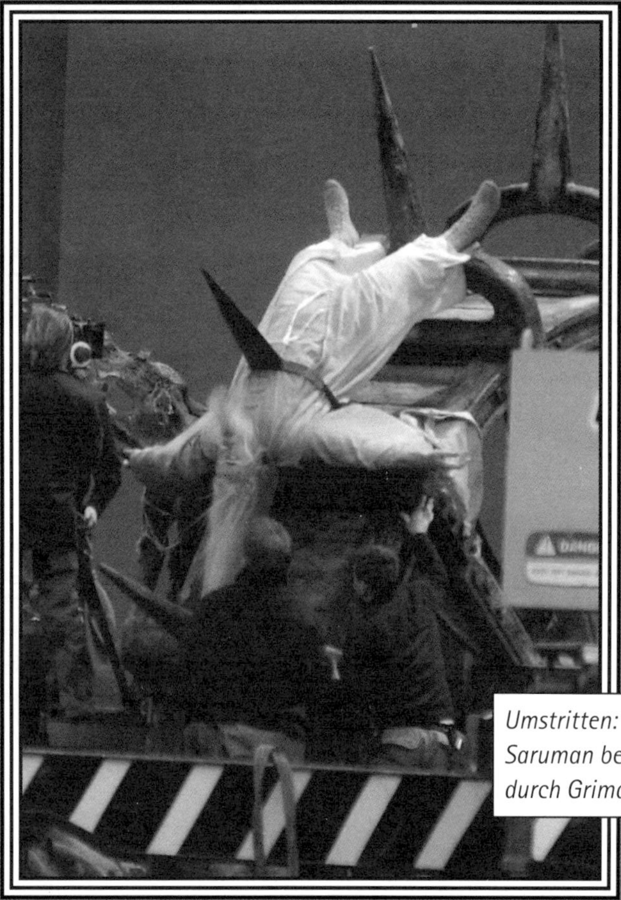

*Umstritten: Anders als im Roman soll Saruman bereits in „Die zwei Türme" durch Grima seinen Tod finden.*

Der geheilte König ruft seine Krieger zusammen, legt seine Rüstung an und besteigt sein Schlachtross. Zusammen mit Gandalf dem Weißen führt er seine Mannen in den Krieg gegen Saruman. Fünf Tagesreisen liegen vor dem Heer, als es Edoras verlässt.

Schon am ersten Tag trennt sich Gandalf wieder von der Streitmacht – er habe einen wichtigen Auftrag zu erledigen. Er will König Théoden und seine Mannen bei der Hornburg in Helms Klamm wiedertreffen. Diese Festung liegt auf halbem Weg zwischen Edoras und dem Turm von Saruman. Aragorn und die anderen Gefährten sollen bei den Reitern von Rohan bleiben.

Nach zwei Tagen kommt die große Reiterschar nach Helms Klamm. Noch bevor sie die Burg am frühen Abend erreicht haben, merken sie, dass hier bereits eine Schlacht stattgefunden hat. Überall liegen die Leichen von toten Menschen und Orks, und es nähert sich bereits eine neue Schar von Isengart.

Am Abend verbringen Gimli und Legolas einige Zeit gemeinsam auf den Zinnen und beobachten, wie sich das Tal vor der Burg langsam mit Uruk-hai füllt. Belagerungsgerät wird vorgefahren, eine Schlacht steht bevor. Irgendwann an dieser Stelle soll im Film eine Gruppe Elben bei Helms Klamm auftauchen, eine Schar Abgesandter aus Lothlorien unter der Führung von Haldir (Craig Parker), die den Menschen bei der Schlacht beistehen möchten.

Um Mitternacht beginnt der Sturm, und Hunderte und Aberhunderte von Orks, Wargen (Wölfen) und wilden Menschen greifen an! Eine schreckliche Schlacht entbrennt. Éomer und Aragorn kämpfen Seite an Seite, während Gimli seine Axt sprechen lässt und Legolas' Pfeile Unheil unter den Orks säen. Am frühen Morgen sind viele gefallen, und die Tore der Burg können den gewaltigen Rammen der Orks nicht länger standhalten. Das Holz splittert und das Tor ist offen. Doch gerade als sich die Uruks brüllend zum Angriff in die Burg rüsten, wird das mächtige Horn von Helms Klamm geblasen und König Théoden taucht mit seinen Kriegern auf. Zu seiner Rechten reitet Aragorn. Und wie der Wind durchs Gras fährt, so fahren sie auch durch Sarumans Heer. Dies ist so überrascht von dem plötzlichen Angriff, dass es erschrocken zurückweicht.

Doch noch eine zweite Überraschung erwartet den Feind: Dort, wo sich am Vortag noch eine große Grasebene befand, steht jetzt ein dichter Wald. Gandalf ist zurückgekehrt. Er hat in der Zwischenzeit die Ents geholt (die zu diesem Zeitpunkt bereits Isengart erfolgreich zerstört haben). Verwirrt fliehen die Orks in den Schatten der Bäume (Ents) und „aus diesem Schatten kam keiner jemals zurück", denn die Ents zermalmten sie alle. Vor allem die Darstellung dieser Szenen, falls sie nicht aus dramaturgischen Gründen gekürzt wurden, werden eine Herausforderung für Jacksons Team gewesen sein. Aber selbst wenn die Ents nicht bei Helms Klamm auftauchen, so wird diese riesige Schlacht den Höhepunkt des zweiten Films ausmachen.

Am nächsten Tag, der Feind ist besiegt, zieht eine kleine Gruppe unter König Théoden weiter nach Isengart. Eine Armee ist nicht mehr nötig, nachdem Gandalf berichtet hat, dass die Ents Isengart bereits vernichtet hätten.

Im Tal des Zauberers angekommen, finden die Gefährten nur noch einen Ort der Verwüstung vor. Fast alles, bis auf den schwarzen Turm des Zauberers Saruman, ist zerstört, und inmitten dieser Zerstörung treffen Aragorn, Gandalf, Legolas und Gimli wieder auf zwei alte Freunde: Merry und Pippin, die die Ents bei ihrem Angriff begleitet hatten, und nun mitten zwischen den rauchenden Trümmern sitzen und vergnügt ihre Pfeife rauchen. (Die Ents hatten bei der Zerstörung von Isengart ein leichtes Spiel, da Saruman seine Armee nach Helms Klamm geschickt hatte.)

Die wieder versammelten Gefährten und König Théodens Schar nähern sich dem dunklen Turm. Gandalf will noch ein letztes Mal mit Saruman sprechen. Der ehemals mächtige Zauberer erscheint oben auf einem Balkon, und seine verhexte Stimme spricht zu der Gruppe. Die Worte klingen schön und vernünftig, und in Théodens Männern keimt der Wunsch auf, dieser Stimme zu vertrauen. Auch die Hobbits sind in ihren Bann gezogen, nur bei Gimli und Gandalf zeigt die Stimme keine Wirkung. Gandalf beginnt einen langen Streit mit Saruman, und den Anwesenden erscheint es fast so, als sei Gandalf ihr Feind – aber der gefallene Zauberer unterschätzt Gandalf. Sarumans Stab zerbricht und seine Macht verlässt ihn, als plötzlich etwas aus einem noch höher im Turm gelegenen Fenster hinuntergeworfen wird. Grima Schlangenzunge schleudert eine große, schwarze Kristallkugel heraus und verfehlt Gandalf nur um Haaresbreite. Der Zauberer nimmt die Kugel sofort an sich und verbirgt sie unter seinem Mantel. Der Bann ist gebrochen und Saruman besiegt.

*In der felsigen Landschaft der Emyn Muil treffen Sam und Frodo auf Gollum.*

Hier soll nun, glaubt man Gerüchten der Produktionsfirma und den Bildern der neuseeländischen Presse, die größte Handlungsänderung im zweiten Teil stattfinden. Denn anders als im Roman soll der Zauberer Saruman bereits hier seinen Tod finden, indem ihn Grima erzürnt von dem Balkon des Orthanc in die Tiefe stürzt. Der ehemals weiße Zauberer wird von einer seiner eigenen tödlichen Maschinen aufgespießt.

Im Roman zieht die Gruppe ab und lässt Saruman im Turm zurück. Der alte Zauberer stellt keine Gefahr mehr dar.

In der folgenden Nacht kann Pippin nicht schlafen, denn er ist zu neugierig auf diese schwarze Kristallkugel, die Gandalf unter seinem Mantel verschwinden ließ. Was hat es nur damit auf sich? Selbst als Gandalf sich zum Schlafen hinlegt, hält er die Kugel dicht bei sich im Arm.

Pippin schleicht sich an Gandalf heran, entwendet dem Schlafenden die Kugel und schaut hinein. Durch Pippins Schrei werden die anderen geweckt. Der Hobbit liegt fast regungslos auf dem Boden – vor sich die schwarze Kugel. Gandalf ist verstört und entsetzt, denn Pippin hat einen fatalen Fehler begangen. Der Hobbit zuckt und zittert, schreit immer wieder auf und starrt dann erneut schweigend in die Nacht. Die schwarze Kugel ist einer der Palantíri. Es gibt nur wenige von ihnen in Mittelerde, denn es handelt sich um einen mächtigen, magischen Gegenstand. Ein Palantír erlaubt es seinem Besitzer, Gedanken-Kontakt mit einem anderen Palantír-Besitzer aufzunehmen und mit ihm zu kommunizieren. Die Gabe, eine solche Kugel zu bedienen, erfordert jedoch enorme Willensstärke, Übung und Konzentration.

Und so geschah es, dass sich Pippins Gedanken mit denen des abscheulichen Herrschers Sauron verbanden, der ebenfalls einen Palantír besitzt. Pippin gehört von nun an zu den vier Personen, die den dunklen Fürsten in seiner augenblicklichen (und schrecklichsten) Gestalt zu Gesicht bekommen haben. (Eine weitere Person taucht im dritten Teil auf: der Vater von Boromir und Herrscher von Gondor.)

Im selben Augenblick erscheint über den Gefährten ein geflügeltes Wesen am Himmel. Gandalf kennt den schrecklichen Ursprung dieses Wesens: Die Nazgûl, die schwarzen Reiter, sind zurück, und sie haben ihre Pferde gegen riesige, geflügelte Monster eingetauscht.

## Die Wanderung des Rings

Wir machen einen gewaltigen Zeitsprung zurück: Drei Tage sind vergangen, seit sich Frodo und Sam von der Gemeinschaft getrennt haben. Mittlerweile haben sie das Boot zurückgelassen und schlagen sich zu Fuß durch die felsige Landschaft der Emyn Muil. Sie wollen in das Land Mordor kommen, das südlich von ihnen liegt.

An diesem Tag treffen sie auf Gollum, der sie schon seit den Minen von Moria verfolgt hat. Sie überwältigen die Kreatur, die einst ein Hobbit war, und fesseln sie. Gollum jammert und wimmert so lange, bis die beiden Mitleid mit ihm bekommen und ihn wieder befreien. Gollum schwört, dass er nichts Böses im Schilde führt und den Hobbitfreunden nur helfen will. Sam & Frodo nehmen seine Hilfe an, denn immerhin kennt Gollum sich in diesem Gebiet aus. Er war vor vielen Jahren auf der Suche nach dem Ring schon einmal nach Mordor gewandert. So kommt es, dass sie zu dritt weiterreisen.

Doch auf ihrer Strecke liegen noch die Totensümpfe: ein abgestorbenes Land, einst Schauplatz unzähliger Schlachten und jetzt ein Moor. Und überall um sie herum blicken tote Gesichter aus dem Schlamm: Elben und Menschen, die hier, nicht weit entfernt vom Lande Mordor, vor langer Zeit gefallen sind.

Nach zehn Tagen kommen Frodo und Sam endlich zum Morannon, dem großen schwarzen Tor von Mordor, errichtet zwischen zwei gewaltigen Bergflanken. Der Eingang zum Lande des Bösen. Doch schon aus einiger Entfernung sehen die beiden Hobbits, dass sie hier nicht in das Land gelangen werden: Unzählige von Saurons Dienern patrouillieren auf den Zinnen des Tores, und auf den rundherum liegenden Bergen wimmelt es von Orks.

Frodo ist kurz davor, aufzugeben. Er werde niemals in dieses Land kommen. Da hat der schleimige Gollum eine Idee! Er kennt einen anderen Weg, durch eine Art Hintereingang. Ein paar Tagesreisen südlich gibt es einen Gebirgspass, der ebenfalls in das Land führt, auch dieser ist bewacht, aber nicht so stark wie das Schwarze Tor. So wenden sich die drei von dem Gebirge ab und wandern gen Süden.

Zwei Tage später: Gollum ist wieder einmal verschwunden, um sich etwas zu essen zu suchen, treffen Frodo und Sam auf Menschen. Es handelt sich um den Heermeister Faramir (David Wenham) und seine Mannen. Faramir ist der Bruder von Boromir und Sohn von Denethor, des Herrschers von Gondor. Erst als Frodo erwähnt, dass er Boromir kennt, traut Faramir ihm und bietet ihm seine Hilfe an (noch glaubt Frodo, dass Boromir lebt, da er seinen Tod nicht mehr miterlebte).

Frodo und Sam übernachten mit den Leuten von Faramir im Unterholz, Gollum bleibt verschwunden.

Sie werden durch Lärm geweckt. Eine Streitmacht von Südländern, feindlichen Menschen, zieht durch das Gebiet und verwickelt einige von Faramirs Männern in ein Scharmützel. Die Hobbits sehen das erste Mal die Mûmak, riesige Kampfelefanten der Südländer.

*Harmlose Statisten werden in Furcht erregende Orks verwandelt.*

Am nächsten Tag unterhalten sich Frodo und Faramir. Faramir erzählt Frodo, dass Boromir tot sei. Er sah das Totenboot seines Bruders (in dem der Krieger von Aragorn bestattet wurde) den Fluss hinuntertreiben. Später wandern sie eine Weile zusammen zu einer Höhle unter einem Wasserfall: Henneth Annûn, die Zufluchtstelle der Waldläufer von Ithilien. Dort werden die beiden Hobbits von Faramir erstklassig bewirtet und können sogar endlich wieder in richtigen Betten schlafen.

Als Gollum am nächsten Tag zurück ist, reisen die Gefährten weiter, um den Gebirgspass nach Mordor zu erreichen.

Am Anfang dieses Passes müssen sie Minas Morgul, die Stadt der Ringgeister, in Sichtweite passieren. Frodo, Sam und Gollum schleichen auf halber Höhe durch die Felsen, und der Eine Ring scheint Frodo geradewegs zum Tor der Stadt hinzuziehen, als sich das große Tor öffnet und eine gewaltige Streitmacht die Stadt verlässt. Die Armee zieht Richtung Gondor in den Krieg, angeführt von dem Obersten der Nazgûl, dem Schwarzen Heermeister (es ist derselbe Ringgeist, der Frodo an der Furt vor Bruchtal den Dolch in die Schulter gerammt hatte).

Unbeirrt wandern die drei über verschlungene Pfade und endlos scheinende Treppen und Wege weiter ins Gebirge hinein. Sie folgen Gollum immer weiter ins Land des Bösen.

Hier wird wahrscheinlich der zweite Film enden. Die Ereignisse um Kankra und Cirith Ungol werden voraussichtlich erst im dritten Teil, Dezember 2003, zu sehen sein. Was in diesem dritten Teil (aber im Roman gegen Ende des zweiten Teils) geschieht, soll nun berichtet werden.

## Kankra

Am nächsten Tag führt ihr Weg die beiden Hobbits Frodo und Sam zu dem Eingang eines unterirdischen Ganges. Trotz des üblen Gestanks und der totalen Finsternis treten sie ein. Aber kaum sind sie von der Dunkelheit verschluckt, ist Gollum wieder einmal verschwunden. Halb tastend, halb lauschend bewegen sich Frodo und Sam vorwärts. Seltsame Geräusche dringen an ihre Ohren: giftiges Zischen und ein Knacken, wie von einem riesigen Gliedertier. Schritt für Schritt, Stunde um Stunde wagen sie sich immer weiter in die Dunkelheit hinein, und der üble Gestank hüllt sie zunehmend ein. Plötzlich stoßen sie auf etwas Furchtbares: Überall um sie herum befinden sich Spinnweben, die so dick wie ein Seil sind! Die Hobbits sind in die Höhle der gigantischen Riesenspinne Kankra geraten. Gollum hat sie in eine Falle geführt.

Und plötzlich ist auch er wieder da. Während die Riesenspinne Frodo angreift, stürzt Gollum sich auf Sam. Letzterer kann nach einiger Zeit seinen schleimigen Widersacher überwältigen, aber Frodo ist bereits in dicke, klebrige Fäden eingesponnen. Kankra beugt sich über ihn, als Sam dazwischenspringt und dem Geschöpf Frodos Elbenklinge von unten in den dicken, sackartigen Bauch stößt. Kankra flieht schwer verletzt in die Dunkelheit.

*Ein Lager der Rohirrim, in dem Frodo und Sam Unterschlupf finden.*

Weinend beugt sich Sam über den leblosen Körper von Frodo. Sein Herr scheint tot. Schwarze Verzweiflung umklammert sein Herz, nun ist Sam ganz alleine im Lande des Bösen. Er fasst all seinen Mut zusammen und nimmt den Einen Ring an sich. Der Hobbit nimmt sich vor, die Aufgabe für seinen Freund zu Ende zu bringen.

Plötzlich dringen Geräusche von Orks an sein Ohr, die sich nähern. Sam läuft den Weg ein Stück weiter und versteckt sich dann, um die Orks vorbeiziehen zu lassen. Doch die grausamen Diener Saurons entdecken den Leichnam von Frodo und nehmen ihn zu Sams Entsetzen mit sich. Noch größer ist allerdings seine Bestürzung, als die Orks entdecken, dass Frodo noch gar nicht tot ist. Er ist nur ohnmächtig und geschwächt.

Sam folgt der Orkgruppe in sicherer Entfernung und gelangt so auf die andere Seite des Gebirges. Nun ist er wirklich im Land des Bösen angekommen: Vor ihm liegt Cirith Ungol, eine gewaltige, turmartige Festung der Orks. Dorthin schleppen die Orks Frodo, und Sam sieht nur noch, wie die Torflügel von Cirith Ungol krachend ins Schloss fallen. Das Tor ist zu!

## Gondor

An dieser Stelle beginnt nun offiziell der dritte Band der Romantrilogie, im Film aber wird man sich hier bereits mitten in der Handlung befinden.

Pippin (Billy Boyd) und Gandalf (Sir Ian McKellen) haben die Gefährten verlassen. Vier Tage reiten sie, bis sie endlich die prächtige Stadt Minas Tirith im Königreich Gondor erreicht haben. Doch die Stadt ist in Gefahr, denn sie liegt in Sichtweite des Landes Mordor. Aufmerksame Zuschauer konnten bereits im ersten Teil einen Blick auf diese Stadt werfen, in der Gandalf zu Beginn des Films Isildurs Aufzeichnungen liest.

Der Herrscher der Stadt ist der Truchsess Denethor (John Noble), Vater von Boromir (Sean Bean) und dem Heerführer Faramir (David Wenham).

Denethor ist ein gebrochener Mann. Sein Reich scheint dem Untergang geweiht und er hat bereits vom Tod seines Sohnes Boromir erfahren. Aber Pippin, der sah, wie Boromir fiel, soll ihm die Geschichte noch einmal genau erzählen. Pippin tut es und gelobt Denethor und dem Lande Gondor Lehnstreue. Gandalf und Pippin bleiben als Gäste am Hof des Truchsess, der sich vor allem für Pippin interessiert: Immer wieder lässt er sich vom Auenland erzählen und von den Hobbits. Gar nicht so interessiert ist Denethor aber an dem Gedanken, dass der vergessene König von Gondor in Gestalt von Aragorn wiederkehren soll. Denn Gondor hatte keinen König, und daher galt der Truchsess immer als Regierungsoberhaupt des Königreiches. Mit der Rückkehr von Isildurs Erben hätte die Herrschaft der Truchsesse ein Ende.

Am nächsten Tag spaziert Pippin durch die Straßen der Stadt und lernt Beregond kennen, einen Krieger der Wache. Beregond ist ebenfalls sehr interessiert an den Erlebnissen des Hobbits, der weiter herumgekommen ist, als sonst jemand in der Stadt. Pippin verbringt viel Zeit mit Beregond und dessen Sohn Bergil.

Unterdessen treffen einige Heerscharen in Minas Tirith ein, um Gondor gemeinsam zu verteidigen.

## Aragorns Weg

Zeitsprung zurück: Merry (Dominic Monaghan) blickt dem Pferd hinterher, auf dem Gandalf und Pippin davonreiten. Vier aus der Gemeinschaft bleiben zurück: Aragorn (Viggo Mortensen), Legolas (Orlando Bloom), Gimli (John Rhys-Davies) und Merry. Bei ihnen befinden sich König Théoden (Bernard Hill) und seine Mannen. Sie begeben sich nun auf den Rückweg nach Edoras.

Kurz nach ihrem Aufbruch von Isengart kommen ihnen Reiter entgegen, über 30 Waldläufer aus dem Norden auf der Suche nach Aragorn. Sie werden von Elrohir und Elladan begleitet, den Brüdern von Arwen (Liv Tyler). Die beiden Elben überbringen Aragorn ein Geschenk von seiner Geliebten und Botschaften von ihrem Vater Elrond (Hugo Weaving): Aragorn soll der Pfade der Toten gedenken.

Der frühe Morgen bricht an, als sie endlich wieder nach Helms Klamm kommen.

An diesem Tag ernennt König Théoden Merry zu seinem Knappen und schenkt ihm ein Pony und einen Helm.

Währenddessen fasst Aragorn einen Beschluss: Er muss zu den Pfaden der Toten reiten, so wie es in einer Prophezeiung gesagt wird. Bestärkt wird er dadurch, dass er nun ebenfalls in den Palantír geblickt und Sauron gezeigt hat, wer von nun an sein Gegner ist: Aragorn, der Erbe von Isildur, der vor Jahrhunderten den Ring von Saurons Hand schnitt!

Gondorrianische Wächter

Noch am gleichen Tag reiten Aragorn und die Waldläufer weiter nach Edoras, wo sie von Éowyn (Miranda Otto) begrüßt werden. Schrecken packt Éowyn, als sie erfährt, dass Aragorn, den sie liebt, zu den Pfaden der Toten reiten will, denn noch nie ist ein Mensch lebend von diesem Ort zurückgekehrt.

Am nächsten Tag macht sich Aragorn, begleitet von Gimli, Legolas und den Waldläufern auf den Weg. Die Pfade der Toten sind ein Tunnel unter dem Gebirge hinter Edoras, der von den Geistern der Toten bewacht wird.

Doch Aragorns Truppe wird nicht von den Geistern angegriffen. Während sie den Tunnel durchqueren, versammelt sich hinter ihnen eine Geisterarmee, die ihnen folgt. Die Toten folgen Aragorn, dem rechtmäßigen, neuen König und Erbe von Isildur.

## Der Ringkrieg

(Nun wird es langsam unübersichtlich und es gibt viele Sprünge von Handlung, Ort und Zeit.)

König Théoden und seine Heerschar kommen zurück nach Edoras.

Ein Bote von Gondor trifft noch am selben Tage in Edoras ein und berichtet, dass der Truchsess Denethor in Minas Tirith die Hilfe der reitenden Rohirrim benötige!

Théoden erklärt sich einverstanden und bereitet seine Armee vor, verbietet Merry aber ihn zu begleiten. Er soll bei Éowyn in Edoras bleiben, denn die Schlachtfelder von Gondor wären kein geeigneter Ort für einen Hobbit.

Am nächsten Morgen schaut Merry traurig zu, wie sich die Krieger versammeln um abzureisen, als ein junger Krieger ihn plötzlich anspricht. Er bietet Merry an, die Heerschar heimlich begleiten zu können, versteckt unter seinem Mantel. Der junge Krieger, dessen Gesicht stets durch einen Helm verborgen ist, stellt sich als Dernhelm vor.

So geschieht es, dass Merry versteckt vor Dernhelm sitzt, als 6000 Mann Edoras verlassen, um der Stadt Gondor beizustehen. Théodens Heer ist klein, die Schlacht bei Helms Klamm hat viele Opfer gefordert.

Eine Woche dauert ihre Reise nach Minas Tirith.

Faramir, der Sohn Denethors, trifft in Minas Tirith ein und erzählt Pippin, dass er Frodo und Sam getroffen habe. Denethor selbst ist nicht sehr erfreut über die Ankunft seines Sohnes. Ihm wäre es lieber gewesen, Boromir stünde vor ihm und Faramir wäre im Kampf gefallen, denn wie Boromir ist auch Denethor der Meinung, dass man den Ring besser benutzt hätte, als ihn „in den Händen eines einfältigen Halblings in das Land des Feindes zu schicken". Außerdem entwickelt der Truchsess eine zunehmende Feindseligkeit gegenüber Gandalf und redet immer öfter wirres Zeug.

Faramir bricht kurz darauf wieder auf, um den Landstrich vor Minas Tirith zu verteidigen. Er will nicht zusehen, wie sich die Orks ungehindert der Stadt nähern.

Es ist Nacht, als ein Reiter in der Stadt eintrifft und berichtet, dass sich ein Heer von Minas Morgul nähere (es ist das Heer, dessen Aufbruch Frodo und Sam beobachtet hatten, angeführt von dem Schwarzen Heermeister). Faramir könne mit seinen Kriegern nicht mehr lange Widerstand leisten.

South Island
Southern Alps
Arthur's Pass
Kaikoura Ranges
Mt. Owen
Wellington
Pegasus Bay
Christchurch
Twizel
Fiordland
Doubtful Sound
Queenstown
Dunedin
Invercargill
Stewart Island
South Pacific Ocean
13
15
18
19
22
23
24
25
26
27
28
29
30
31
32
33
34
35

# Neuseeland: Heimat von Mittelerde

1.) Port Waikato – Die Wetterspitze
2.) Matamata – Das Auenland
3.) Whakapapa Ski Area – Mordor/Emyn Muil
4.) Tukino Ski Area – Mordor
5.) Rangipo Desert – Das schwarze Tor
6.) Rangitikei River – Anduin
7.) Waitarere Forest – Die Trollhöhen
8.) Otaki Totara Forest – Die Straße nach Hobbingen
9.) Otaki Gorge Road – Auenland-Wald
10.) Fernside, Featherston – Das Ufer des Silberlauf (Lothlórien)
11.) Kaitoke Regional Park – Bruchtal
12.) Keeling Farm, Manukau – Die Fähre von Bockenburg
13.) Wellington – Film-Studios/Bree
14.) Makara Wellington – Kreuzung in Mordor
15.) Harcourt Park, Upper Hutt – Die Gärten von Isengart
16.) Upper Hutt – Die Hornburg, Minas Tirith
17.) Queen Elizabeth Park, Raumati South – Die Pelennor-Felder
18.) Putangirua Pinnacles – Dimholt (Der Weg zu den Pfaden der Toten)
19.) Rocky Point, Cape Palliser – Mordor
20.) Takaka Hill – Der Chetwald
21.) Mt. Olympus – Eregion
22.) Mt. Owen, Nelson – Caradhras, Schattenbachtal
23.) Mt. Gun, Franz Joseph – Signalfeuer
24.) Mt. Potts Station, Rangitata Valley – Edoras
25.) Queenstown und Umgebung
26.) Paradise, Glenorchy – Lothlórien, Amon Hen, Fangorn
27.) Greenstone Station, Kinloch – Die Ebene von Rohan
28.) Lake Alta – Eregion, Schattenbachtal
29.) Arrowtown Reserve – Bruinenfurt
30.) Marova Lakes – Fangorn, Amon Hen
31.) Norwest Lakes – Die Nebelgebirge
32.) Kepler Mire, Bog Pine Paddock, Te Anau – Totensümpfe

Einen Tag später liegt Dunkelheit über dem Land. Immer mehr Flüchtlinge treffen vom Schlachtfeld in der Stadt ein, verwundet und verängstigt.

Es ist Abend, als sich eine große Schar von Flüchtlingen nähert, sie tragen Faramir, schwer verwundet und dem Tode nah! Doch bevor sie die Stadt erreicht haben, erhebt sich plötzlich ein Getöse, und die Reiter des Feindes fegen vom Horizont heran. Feuer tragende Orks ergießen sich wie reißende Sturmbäche über das Land, und oben im Himmel kreisen die Nazgûl auf ihren geflügelten Monstern. In letzter Sekunde wird Faramir in die Stadt getragen und man schließt die Tore. Die Belagerung hat begonnen.

Denethor sitzt am Sterbebett seines Sohnes, während auf den Straßen der Stadt eine schlimme Zeit beginnt. Der Feind drängt sich vor den Toren und Angst befällt die Menschen. Die erste Angriffswelle rollt an, aber Denethor reagiert nicht. Er sieht, dass nun auch sein anderer Sohn stirbt, und er besitzt keine Hoffnung mehr. Pippin ist bei ihm und beobachtet besorgt diese Entwicklung. Boten kommen zum Gemach und berichten, dass der erste Abschnitt der Stadt bereits brenne. Es scheint Denethor nicht sonderlich zu interessieren. Er erhebt sich und verabschiedet sich von Pippin, dem in diesem Moment erst die wahre Ernsthaftigkeit der Situation bewusst wird! Der König verlangt von seinen Dienern, sie sollen trockenes Holz holen, es zu einem Scheiterhaufen errichten und Öl darübergießen. Denethor möchte sich und seinen sterbenden Sohn bei lebendigem Leib verbrennen.

Pippin springt auf und rennt in die vom Krieg erschütterte Stadt. Er muss so schnell wie möglich Gandalf finden, damit dieses Unheil verhindert wird.

Trommeln dröhnen und große Wurfmaschinen kriechen über das Feld vor der Stadt. Qualm der brennenden Gebäude verdunkelt den Himmel. Der Feind bereitet eine riesige Ramme vor, um das Haupttor der Stadt zu zerstören. Dreimal dröhnt die große Ramme, bis das Tor von Gondor zerspringt. Der Herr der Nazgûl, der Schwarze Heerführer, reitet durch das Tor in die Stadt ein, und die Menschen fliehen in panischer Verzweiflung. Nur einer weicht nicht zurück: Gandalf sitzt schweigend auf seinem Pferd und verwehrt dem Nazgûl den Weg. Die beiden liefern sich ein Wortgefecht, als Hörner erschallen – die Hörner der Rohirrim!

*Éowyn (Miranda Otto) begrüßt Aragorn und Co. in Edoras.*

Einen Tag vorher: Merry sitzt im Lager der Reiter von Rohan. Éomer und Théoden beraten sich mit einem seltsamen Mann: Knorrig wie ein alter Stein, untersetzt, er trägt nur einen Lendenschurz, und seine Haut wirkt wie trocke-

Flüchtlinge aus Rohan

Doch es ist zu spät, denn auch König Théoden ist tot.

Die Schlacht geht weiter, Trompeten schmettern und die Mûmak (Kriegselefanten) brüllen. Das Fußvolk der Stadt stürmt aus den Toren und unterstützt die Rohirrim bei ihrem Kampf. Doch plötzlich schwindet die Hoffnung wieder, denn am Horizont tauchen schwarze Segel auf, die den Fluss Anduin heraufkommen: die Korsaren von Umbar! Damit hatte man nicht gerechnet! Diese finstere Armee würde man nicht besiegen können.

Doch Staunen breitet sich aus, als die Schiffe näher kommen und die Flagge von Gondor entfalten. Aragorn kehrt zurück. Die verwirrten Orks und schwarzen Krieger werden besiegt und in die Flucht geschlagen.

nes Moos. Es ist der Häuptling der wilden Menschen, sein Name: Ghân-buri-Ghân. Die wilden Menschen sollen den Rohirrim als Fährtenleser helfen. Sie kennen die Schleichpfade des Landes, und so ergibt es sich am nächsten Tag, dass die Rohirrim den schwarzen Armeen vor Minas Tirith unerwartet in den Rücken fallen, gerade als das große Tor gefallen ist.

Der Schwarze Heermeister flieht vom Tor und vor Gandalf. Vor der Stadt beginnt eine blutige Schlacht. Während dieser Schlacht stürzt König Denethor von seinem Pferd, und als er verletzt am Boden liegt, senkt sich ein Schatten auf ihn nieder. Der oberste Nazgûl ist auf einem geflügelten Monster zurückgekehrt und landet direkt bei dem König. Die Krieger des Königs fliehen, bis auf einen. Dernhelm steht alleine da und scheint über seine Furcht erhaben zu sein. Der Herr der Nazgûl spricht in einer kalten Stimme zu Dernhelm, als dieser den König verteidigen möchte: „Mich hindern? Du Narr. Kein lebender Mann kann mich aufhalten!“ Aber Dernhelm lacht nur: „Aber ich bin kein lebender Mann! Du siehst eine Frau vor dir.“ In diesem Moment zieht Dernhelm den Helm ab, der die ganze Zeit das Gesicht verdeckt hatte, und der Nazgul (und auch Merry) sieht zu seiner Überraschung Éowyn vor sich! Das geflügelte Tier schlägt mit den Flügeln, springt in die Luft und lässt sich kreischend auf Éowyn nieder. Sie springt geschickt zurück, und mit einem Schwerthieb trennt sie den Kopf vom Körper des Monsters. Von dem Kadaver erhebt sich der Schwarze Reiter, er holt mit seiner Keule aus, zerschmettert Éowyns Schild und bricht ihren Arm. Aber er hat Merry nicht bemerkt, der sich tapfer von hinten angeschlichen hat und mit seinem Schwert plötzlich die Sehne hinter dem Knie des Nazgûl durchtrennt. Der Heermeister wankt und Éowyn stößt mit ihrem Schwert zu. Der Feind ist tot, der Körper löst sich auf, und die leere Rüstung fällt in sich zusammen.

Gandalf sitzt still auf seinem Pferd. Gerade hatte sich der Herr der Nazgûl erhoben, als die Rohirrim plötzlich angriffen. Pippin hatte den Zauberer gefunden. Er läuft zu Gandalf und erzählt ihm, dass Denethor verrückt geworden ist. Er wolle sich und seinen Sohn verbrennen. Beide begeben sich sofort zu dem Scheiterhaufen. Im letzten Moment gelingt es ihnen, Faramir zu retten, der bereits mit Öl durchtränkt auf dem Scheiterhaufen liegt. Denethor können sie nicht mehr vor dem Feuertod bewahren. Er entzündet sich selbst und stirbt in den Flammen. In seinen Händen der Palantír, der ihn in den Wahnsinn getrieben hatte.

Faramir, der sich auf Grund seiner Verletzungen im Reich der Fieberträume befindet, wird in die Häuser der Heilung gebracht.

Währenddessen wird auch die Leiche von König Théoden in die Stadt geholt, zusammen mit Éowyns ohnmächtigem Körper. Und am Tor trifft Merry auf seinen alten Freund Pippin.

Die beiden Hobbits begeben sich zu den Häusern der Heilung, wo sich nun auch Éowyn aufhält, um ihren Arm heilen zu lassen. Die Heilkunst in diesen Häusern ist legendär, aber nach dem Angriff der finsteren Horden scheint sie zu versagen. Eine Krankheit hat die Menschen befallen, die man den „Schwarzen Schatten" nennt. Leidet man unter dieser Krankheit, verfällt man erst in ein schreckliches Fieber und stirbt schließlich. Es scheint keine Rettung mehr zu geben, als sich eine der Heilerinnen an ein altes Sprichwort erinnert: „Die Hände des Königs sind die Hände eines Heilers."

Gandalf erinnert sich an diese Weisheit, und ihm kommt ein Gedanke: Der rechtmäßige König muss helfen, Aragorn, der Erbe von Isildurs Geschlecht!

Aragorn eilt sofort vom Schlachtfeld herbei und mischt in den Häusern der Heilung eine Kräutermischung gegen die schreckliche Krankheit. Dann berührt er Faramir, Éowyn und die anderen und langsame Besserung tritt ein.

Drei Tage nach der Schlacht: Der letzte entscheidende Zug im Kampf gegen das Böse steht an. Die letzten, bislang verschont gebliebenen Soldaten sammeln sich zu einer neuen Heerschar auf dem Schlachtfeld und ziehen gemeinsam mit den Gefährten Aragorn, Gimli, Legolas, Gandalf, Merry und Pippin zum Schwarzen Tor von Morannon (dort scheiterten Frodo und Sam bereits).

Nach einer Woche und einigen Scharmützeln erreicht das Heer endlich das Portal zum Land des Bösen. Das Tor scheint fast verlassen. Nur wenige Wächter sind anwesend. Orks sind weit und breit nicht zu sehen. Die Heerführer und die Gefährten reiten bis an Rufweite heran und entrollen ihre Banner. „Kommt heraus!", fordern sie. Einer der großen Torflügel wird aufgestoßen und eine Gesandtschaft des Schwarzen Turms reitet heraus. An ihrer Spitze befindet sich eine große Gestalt auf einem hässlichen Pferd. Es ist einer der Befehlshaber, Saurons Mund (Bruce Spence), Botschafter des Bösen.

Bevor Gandalf Forderungen stellen kann, wird ein Bündel aus dem Tor hervorgebracht und geöffnet. Es enthält Sams Schwert, Frodos Mantel und sein kostbares Kettenhemd. Den Gefährten wird schwarz vor Augen, die Aufgabe scheint gescheitert, Frodo und Sam sind tot!

Gandalf gibt sich besiegt, denn der Ringträger ist gescheitert. Er fragt Saurons Mund nach dessen Forderungen. Dieser beansprucht die gesamten Ländereien des Landes Gondor und die Menschen als Sklaven. Gandalf spuckt vor dem Gesandten aus und lehnt alle Forderungen ab. Und in diesem Moment schnappt Saurons Falle zu: Das gewaltige Tor öffnet sich und die größte Armee, die Mittelerde je gesehen hat, strömt auf die Menschen zu. Eine vernichtende Schlacht setzt ein.

Mitten in der Schlacht sieht Pippin, während er mit einem großen Ork kämpft, plötzlich die Adler am Himmel. Der Ork stürzt auf Pippin und dieser wird ohnmächtig.

## Der Ring wird zerstört

Zehn Tage vorher: Sam rappelt sich auf. Er befindet sich vor der Orkfestung Cirith Ungol, in die sein Freund Frodo von den Orks verschleppt wurde.

Aus dem Turm hört Sam Geräusche von Schwertern und Klingen. Es wird gekämpft, die Orks führen untereinander Krieg. Sam hat zur Sicherheit den Ring benutzt, der ihn unsichtbar machte, aber schon spürt er die Macht, die von dem Ring ausgeht. Als er sich dem Turm nähert, beobachtet er, wie sich die Orks um Frodos Sachen und vor allem um sein Panzerhemd streiten.

Doch Sam kann den Turm nicht betreten. Steinerne Wächter bilden eine unsichtbare Mauer, die er nicht zu durchdringen vermag. Da kommt ihm ein rettender Einfall.

*Éowyn – die Jeanne D'Arc von Mittelerde – wird in „Die Rückkehr des Königs" eine entscheidende Rolle spielen.*

Aus seinem Mantel holt er das Geschenk von Galadriel (Cate Blanchett), eine magische Phiole. Mit ihrer Kraft gelingt es ihm schließlich, die Wächter zu passieren, aber als er sie wieder einsteckt, geben die Wächter einen lauten, schrillen Schrei von sich. Sam, der den Ring mittlerweile wieder abgezogen hat, flieht durch die Gänge des Turms.

Der Hobbitgärtner hetzt auf der Suche nach Frodo immer weiter durch das Innere der Festung, in der überall tote Orks liegen. Als ein noch lebender Ork auf ihn zukommt, hält Sam den Ring fest in Händen. Durch die Magie des Ringes wirkt Sam auf den Ork nicht wie ein kleiner, wehrloser Hobbit, sondern wie ein mächtiger, grauer Schattenkrieger. Der Ork flieht entsetzt.

Schließlich entdeckt Sam seinen Freund Frodo ganz oben im Turm in einer Kammer. Ein Ork peitscht Frodo gerade aus, als Sam schreiend in den Raum stürmt und den Ork überwältigt.

Den beiden Hobbits gelingt es mit mehr Glück als Verstand, aus der Festung der Orks zu entkommen. Verkleidet mit Orkpanzern und Orkwaffen setzen sie ihre beschwerliche Wanderung fort.

So geschieht es, dass sie in der Nähe einer Straße von einer Gruppe Orks überrascht werden. Doch die beiden

*Aragorn besitzt die heilenden Hände eines Königs.*

Hobbits werden in ihrer Verkleidung nicht erkannt und marschieren eine Weile mit der Ork-Heerschar. An einer Straßenkreuzung treffen die Orks auf eine Gruppe böser Menschen und es kommt zu einem Scharmützel, das Frodo und Sam nutzen, um sich wieder abzusetzen.

Schritt für Schritt nähern sie sich dem Schicksalsberg, dem Ziel ihrer Reise. Sie haben schon seit einigen Tagen kein Essen mehr zu sich genommen und das Wasser wird auch immer knapper. Hinzu kommt, dass der Ring Frodo zunehmend verhext, und die Qual wird für den Hobbit immer größer.

Durch einen Höhleneingang an der Flanke des Schicksalsberges dringen Frodo und Sam in das Innere des Vulkans vor. Die Höhle führt zu einem Abgrund, der mit Glut und Lava gefüllt ist. Ein Brodeln und Donnern liegt in der Luft.

Doch es ist zu spät, denn endlich ist es dem Einen Ring gelungen, Macht über Frodo zu gewinnen, der Kampf ist vorüber, das Böse scheint gesiegt zu haben. Frodo steht aufrecht, groß vor der Glut, als der Wahnsinn aus seinem Mund spricht. „Ich will diese Tat nicht vollbringen. Der Ring gehört mir!“, erklärt er mit donnernder Stimme. Dann zieht er den Ring über den Finger und verschwindet.

Sam wird von Entsetzen gepackt, denn sein Freund scheint verloren. Wie betäubt taumelt er durch die stickige Höhle, als in demselben Moment der Schwarze Turm Barad-dûr in seinen Grundfesten erzittert. Der Dunkle Herrscher Sauron wird plötzlich des Ringes gewahr und erkennt die Gefahr, die ihm droht. Der Ring ist an den Ort zurückgekehrt, an dem er geschmiedet wurde.

Unvermutet taucht ein alter Bekannter auf: Gollum!

Die Kreatur stürzt sich auf den unsichtbaren Frodo, beide kämpfen, dann beißt Gollum zu. Plötzlich ist Frodo wieder sichtbar und Gollum hält triumphierend Frodos Ringfinger hoch, den er von der Hand abgebissen hat. An dem Finger steckt noch der Eine Ring.

Wie ein Wahnsinniger tanzt Gollum durch die Höhle, schreit und johlt. Und während er den Blick hebt, um sich an seiner Beute zu weiden, tritt er einen Schritt zu weit, kippt um und stürzt mit einem schrillen Schrei in die Tiefe!

Es gibt ein Krachen und ein Tosen! Sam läuft zu dem ohnmächtigen Frodo und trägt seinen Freund, dessen Hand schwer blutet, aus der Höhle hinaus. Die Aufgabe ist vollendet!

## Die Rückkehr des Königs

Kurz zuvor: Vor den Toren von Mordor ist eine schreckliche Schlacht entbrannt.

Mitten in der Schlacht sieht Pippin, während er mit einem großen Ork kämpft, plötzlich die Adler am Himmel. Gwaihir, der Herr der Winde, ist gekommen um zu helfen. Es ist derselbe Adler, der Gandalf auch aus Sarumans (Christopher Lee) Gefangenschaft befreit hat. Die Adler stürzen sich auf die Nazgûl, die sich abwenden und fliehen.

In diesem Moment fällt Gollum in einem anderen Teil des Landes mit dem Ring in die Tiefe. Aus dem Dunklen Turm erhebt sich ein Schreckensschrei über das Land. Saurons Heer erschaudert und die Erde beginnt zu beben. Festungswälle zerspringen, der Turm stürzt ein. Saurons Reich endet. Seine Soldaten fliehen!

Gandalf begrüßt den Herrn der Adler und bittet ihn, ein letztes Mal für ihn zu fliegen. Er soll zum Schicksalsberg eilen und Frodo und Sam aus dem untergehenden Land retten. Und so geschieht es.

Als Sam erwacht, liegt er in einem weichen Bett und Gandalf begrüßt ihn. Auch Frodos Wunde wurde versorgt, und so trifft die Gemeinschaft wieder zusammen.

Einige Zeit später begeben sie sich zu der Krönungsfeier von Aragorn, dem neuen Herrscher von Gondor. Es ist ein strahlendes Fest in der Stadt Minas Tirith, denn der König ist zurück und ein neues Zeitalter hat begonnen.

Aragorn heiratet Arwen (Liv Tyler), und Éowyn (Miranda Otto) heiratet Faramir (David Wenham), den neuen Fürsten von Ithilien, in den sie sich verliebt hat.

## Die Heimreise

Nach tagelangem Feiern nehmen die Hobbits Abschied und die Heimreise beginnt. Das Abenteuer scheint endlich ein glückliches Ende gefunden zu haben. Aber auf die Hobbits wartet noch eine unangenehme Überraschung, die Peter Jackson im dritten Film vernachlässigen wird. Für Jackson ist der Film hier so gut wie zu Ende. Er erklärte in einem Interview, dass ihm dieses Nachgeplänkel im Auenland überhaupt nicht gefallen würde. Außerdem sei es schwer, einen Film zu machen, der nach dem Höhepunkt, der Vernichtung des Rings, noch zwei Stunden dauert. Der Regisseur geht also direkt zur letzten Fahrt über, die er als seine Lieblingsszene bezeichnet.

Während im Roman die Hobbits also im Auenland noch eine letzte Schlacht gegen Saruman und Grima Schlangenzunge zu schlagen haben, schlägt Jackson das letzte Kapitel des „Herrn der Ringe" auf.

*Ist Sam der wahre Held der Ring-Trilogie?*

## Die letzte Fahrt

Nach einem Jahr haben die Hobbits das Auenland endlich wieder aufgebaut, schöner als je zuvor! Das Ende der Geschichte beginnt. Mit den letzten Elben und Elrond begeben sich Frodo und sein Onkel Bilbo (Sir Ian Holm) nach einigen Jahren zu den Grauen Anfurten, den Häfen der Elben, und fahren zusammen mit Gandalf gen Westen in die Länder der unsterblichen Elben. Sam heiratet Rosie Hüttinger, bekommt 13 Kinder und wird Bürgermeister vom Auenland. Arwen gibt durch ihre Hochzeit mit Aragorn ihre Unsterblichkeit auf und schenkt sie Frodo. Damit endet die Geschichte und die Filmtrilogie mit einem Hauch von Traurigkeit, aber der Gewissheit, dass die guten Mächte über die Bösen gesiegt haben und somit der Friede in Mittelerde gesichert ist.

*Peter Jackson ließ „seine Gefährten" wie Aragorn-Darsteller Viggo Mortensen noch einmal für Nachdrehs nach Neuseeland einfliegen.*

Gandalf The Grey

# Kapitel 5

# Merchandising: Lust und Leid der Fans

Schon lange vor der Verfilmung des „Herrn der Ringe“ war jegliches Merchandising zu Tolkiens Werken den Fans ein Dorn im Auge. Dies beruht auf einem generellen Konflikt zwischen Kunst und Kommerz, denn offenbar kann das eine neben dem anderen nicht existieren. In dem Moment, wenn ein Kunstwerk kommerziell verwendet wird, wird es zu einem Produkt und ist nach allgemeinem Ermessen nicht länger Kunst. Schon Tolkien betonte zu Lebzeiten in Bezug auf eine Verfilmung: „Es gibt Kunst oder Kommerz. Und das ist Kommerz!“ Merchandising hat immer eine Kommerzialisierung zur Folge und diese bedeutet eine Wertminderung des Werkes. Hinzu kommt, dass es sich bei den meisten Merchandising-Artikeln um Spielzeug handelt, was ebenfalls den ernsthaften Tenor der Vorlage unglaubwürdiger erscheinen lässt. Tolkien verabscheute den Gedanken, die Charaktere seiner Geschichten auf Waschmittelpackungen oder als Spielzeug zu entdecken. Zu ernsthaft sei die Vorlage.

Im Vorfeld der „Herr der Ringe“-Verfilmung wurde das Thema abermals aktuell, war doch allen Beteiligten bewusst, dass das größte finanzielle Potenzial im Merchandising rund um das Ring-Epos steckt, und die Produktionsfirma verfolgte nun mal das Ziel finanziell so erfolgreich wie möglich zu sein. Aber dennoch war man sich bei New Line Cinema durchaus bewusst, dass eine völlige Ausbeutung eines Themas auch nach hinten losgehen kann. So zeigte kurz vorher die Verwertung von „Star Wars: Episode 1“ wie man den Kunden übersättigen und frustrieren kann. So blieb George Lucas auf Tonnen von Spielzeug, Plastikfiguren und Bettwäsche sitzen, die nun irgendwelche Lagerhallen füllen.

Wie sollte man also den Spagat bewältigen, sowohl kommerziell erfolgreich zu sein als auch gleichzeitig die Tolkien-Fans nicht zu enttäuschen? Dies lag sowohl im Sinne der New Line Bosse als auch im Interesse von Regisseur Peter Jackson, der als Tolkien-Fan eine große Verantwortung für dieses Thema verspürt. Also sicherte sich Jackson Mitspracherecht für alle Merchandising-Artikel. Jedes Erzeugnis, das von einer Firma produziert werden sollte, musste also das Urteil des Meisters erfahren. So sollte eine Reihe hochwertiger Ware garantiert werden, und blickt man nun auf die Palette der Produkte, stellt man tatsächlich fest, dass ein Großteil eine sehr hohe Qualität besitzt. Bis auf einige kleine Ausnahmen auf dem amerikanischen Markt wurde der Zielgruppe eine exklusive Merchandising-Palette geboten. Außerdem wurden die Lizenzen nicht verschleudert, wie beispielsweise bei „Harry Potter“ oder „Episode 1“, sondern alle Lizenznehmer sorgfältig kontrolliert.

Hier eine kleine Übersicht über einige Merchandising-Produkte:

## Schwerter

Die amerikanische Firma United Cutlery, der Marktführer für Filmmesser-Nachbildungen, erwarb die exklusive Lizenz, die Original-Filmschwerter nachzubilden und leistete dabei hervorragende Arbeit. Ob Frodos Schwert Stich oder Gandalfs Klinge Glamdring - die hergestellten Schwerter sind von den Original-Schwertern im Film kaum zu unterscheiden. Es wurden die gleichen Materialien wie Stahl, Holz und Leder verarbeitet und darauf geachtet, dass alle Runenbeschriftungen und Verzierungen exakt stimmen! Außerdem wird mit jedem Schwert eine runenverzierte Hartholz-Wandplatte und ein Zertifikat mitgeliefert. Selbstverständlich sind diese Klingen nicht schaukampftauglich und sollen vielmehr als Zierde an den Wohnzimmerwänden der Tolkien-Jünger ihren Zweck erfüllen. Dieses Merchandising-Produkt, das in Deutschland von der Solinger Firma Heinrich Böker Baumwerk GmbH vertrieben wird, kann sich wirklich sehen lassen und hat natürlich seinen Preis. So muss man beispielsweise für Gandalfs magisches Schwert Glamdring etwa 335,– Euro auf den Tisch legen. Aber wer dieses Schwert einmal in natura gesehen hat, weiß, dass es jeden Cent wert ist! Aus der ersten Serie erfreute sich aber

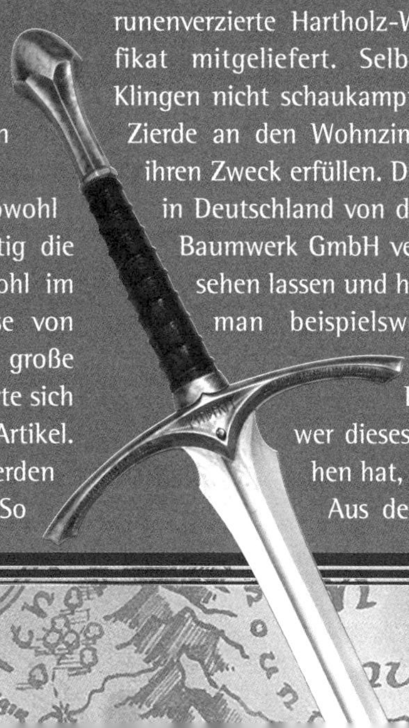

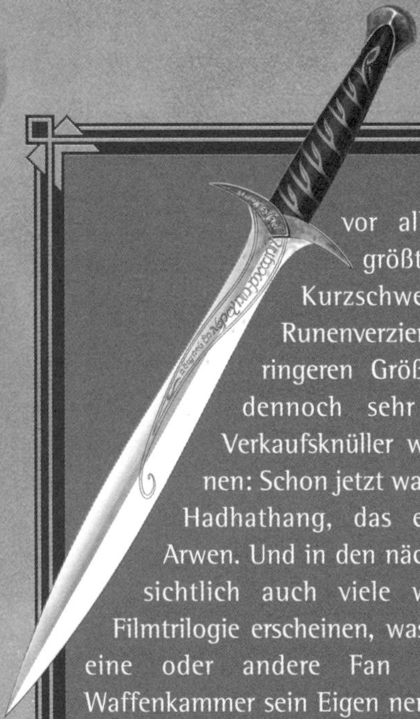

vor allem Frodos Schwert Stich größter Beliebtheit. Dieses elbische Kurzschwert mit Holzgriff und Runenverzierung ist auf Grund seiner geringeren Größe etwas billiger und wirkt dennoch sehr edel. Aber der richtige Verkaufsknüller wird erst Ende 2002 erscheinen: Schon jetzt warten alle Fans ungeduldig auf Hadhathang, das elegante Elbenschwert von Arwen. Und in den nächsten Jahren werden voraussichtlich auch viele weitere Schwerter aus der Filmtrilogie erscheinen, was dazu führen wird, dass der eine oder andere Fan zwangsläufig eine ganze Waffenkammer sein Eigen nennen kann.

## Action-Figuren

Die amerikanische Marvel-Tochter Toybiz hat verschiedene erschwingliche Produkte auf den Markt gebracht. Die Plastikschwerter mit „realistischen Kampfgeräuschen“ für die jüngere Zielgruppe fallen da eher in die Kategorie „bil-

liger Ramsch“, aber die wurden zum Glück auch nur für den amerikanischen Markt entwickelt. Die Toybiz-Action-Figuren hingegen sind bereits beliebte Sammlerobjekte. Um die Gesichter und Gestalt der Charaktere aus dem Film realistisch für die Figuren einzufangen, wurden alle Schauspieler von einem 3D-Laserscanner eingescannt (dieses Verfahren wurde ursprünglich für die Spezial-Effekte eingesetzt). Dadurch wirken die Figuren sehr detailgetreu und lebensecht. Vor allem die Legolas-Figur aus der ersten Serie erfreute sich großer Beliebtheit bei den Fans. Selbstverständlich wirken die Figuren trotz

„Action-Funktionen“ immer noch etwas hypnotisiert und sind sicherlich nicht im Sinne des Professors, aber sie sind so liebevoll gestaltet, dass sich das Kind im Fan einfach nicht länger unterdrücken lässt. Und wer diese Art des Merchandising nicht nachvollziehen kann, hat keine Probleme diesem Produkt aus dem Weg zu gehen.

## Tabletop-Spiel

Die englische Spielfirma Games Workshop hat sich seit einigen Jahren auf den professionellen Tabeltop-Spiele-Bereich spezialisiert, und die in Nottingham ansässige Schmiedespiele kann mit einer beträchtlichen Anzahl eigener Ladenfilialen aufwarten, davon allein 18 in Deutschland. Bei diesen aufwändigen Strategie-Spielen, die in den

70er Jahren aus dem Bereich der Kriegs- und Schlachtensimulation entstanden sind, dreht sich alles um zwei Spieler, die sich auf einem Miniaturschlachtfeld mit Zinnfiguren ausgeklügelte Gefechte liefern und dabei versuchen, ihre Armeen in Position zu bringen, um auf den Gegner zu feuern oder ihn im Nahkampf anzugreifen und zu besiegen. Der Sieger wird durch eine Kombination aus Können und Glück entschieden, wobei die Spieler Würfel werfen, um zu bestimmen, ob ein Pfeil nun getroffen hat und der Feind niedergeworfen wird.

Da die meisten Spiele von Games Workshop in phantastischen Welten spielen, lag es nah, auch die Kämpfe und Schlachten aus der „Herr der Ringe"-Verfilmung auf dem Spielbrett umzusetzen. Hinzu kam, dass ein Großteil der Games Workshop-Mitarbeiter langjährige Tolkien-Fans sind und nur durch ihr Hobby überhaupt zu diesem Beruf kamen. Die exklusiven Zinnfiguren zum Film wurden von den besten Games-Workshop-Designern entworfen, und bei diesem Spiel handelt es sich tatsächlich um ein Erzeugnis von Fans für Fans. Für Games Workshop bedeutet dieses Produkt einen weiteren Schritt auf den großen Markt, denn die bisherigen Produkte waren eher speziell auf die eingeschworene Games-Workshop-Community zugeschnitten, während das „Herr der Ringe"-Spiel etwas einfacher zu spielen ist und nicht nur in den Games Workshop-Läden, sondern auch in Spielwarenläden und Kaufhäusern vertrieben wird. Peter Jackson und die Schauspieler sollen nach Aussagen der Games-Workshop-Mitarbeiter begeistert von dem Spiel gewesen sein, was durchaus glaubwürdig erscheint, wenn man Jacksons Faible für Kriegs-Miniaturen kennt.

Aber das Games-Workshop-Spiel kann noch mehr: Die hochwertigen Figuren eignen sich auch für hervorragende Dioramen, kleine, perfekt detaillierte Modelllandschaften, die man im Wohnzimmer in der Vitrine dem staunenden Besuch präsentieren kann. Einzige Bedingung: etwas künstlerisches Talent, denn es muss nicht nur die Landschaft gestaltet werden, sondern auch die Figuren müssen noch angemalt werden. Dank ausführlicher Mal-Anleitung im Hauptset sollte dies aber auch für Anfänger kein großes Problem darstellen.

## Rollenspiel / Sammelkartenspiel

Die amerikanische Firma Decipher, bisher erfolgreich auf dem Sektor Star-Trek- und Star-Wars-Sammelkartenspiel sicherte sich sofort die Exklusivrechte für das offizielle Herr-der-Ringe-Sammelkartenspiel, sowie das Rollenspiel zur Verfilmung. Damit beschloss Decipher nicht die große Masse, sondern speziell die Fan-Gemeinde anzusprechen. Hauptstreiter sollte natürlich das Sammelkartenspiel werden, und daher gab sich Decipher damit ganz besondere Mühe. In enger Zusammenarbeit mit New Line Cinema entwarf Decipher ein Spiel mit Hunderten von wunderschönen, atmosphärischen Karten mit exklusiven Fotos in hoher Auflösung. Das Spielprinzip ist nicht allzu schwer und doch clever durchdacht. Es unterscheidet sich grundlegend von anderen

Sammelkartenspielen, da jeder Spieler sowohl die Bösen (Schatten) als auch die Guten (Freie Völker) gleichzeitig spielt! Das Spiel für jeweils zwei bis sechs Personen gestaltet sich folgendermaßen: Die Spieler wandern symbolisch durch Mittelerde und müssen ihre freien Völker / Gefährten zum Sieg führen. Dabei spielen sie die Karten gegeneinander aus. Im April 2002 berichtete die Ausgabe des „Comics & Games Retailer Magazins", dass das LOR-Trading-Card-Game die Nr. 1 bei den Sammelkartenspielen ist! Das erste Mal gelang es einem Sammelkartenspiel, den jahrelangen Markführer „Magic – The Gathering" von Wizards of the Coast auf dem ersten Platz abzulösen. In Deutschland wird das Kartenspiel von Universal Cards vertrieben, die für eine hochwertige Übersetzung jeder einzelnen Karte in die deutschen Sprache gesorgt haben.

Das Rollenspiel war bisher leider nur in einer abgespeckten Version erhältlich, die bei den eingefleischten Rollenspielern bisher nicht zu überzeugen wusste, was unter anderem daran lag, dass die Charaktere (übrigens die Gefährten aus dem Film) vorgefertigt waren und auch die Spielregeln in einer verkürzten Anfängerversion daherkamen. Professionelle Rollenspieler ließ diese Box eher kalt, denn offensichtlich ist sie für Neueinsteiger gedacht gewesen. Positiv aufgefallen ist aber das Design mit vielen Outline-Zeichnungen nach dem Film, die diesem Rollenspiel einen eigenständigen Charakter geben. Rollenspieler sollten auf die Profiversion warten, Anfängern ist die Box durchaus zu empfehlen.

## Schmuck und Ringe

Der deutsche Goldschmied Oliver Nöll sicherte sich die Lizenzen für die Schmuckstücke und vor allem den Einen Ring in Deutschland, Österreich und der Schweiz. Diese Lizenz sollte sich als eine wahre Goldgrube für ihn entpuppen, denn der Eine Ring erwies sich als die begehrteste Devotionalie überhaupt. Die hochwertigen Ringe, wahlweise aus Silber, Gold oder Platin, gingen weg wie warme Semmeln und Goldschmied Nöll kam mit der Produktion gar nicht hinterher. Tag und Nacht gingen neue Bestellungen ein. Obwohl der 18-Karat-Goldring ganze 475,– Euro kostete, bestellten einige Fans ihn gleich Dutzendweise, und für die Platinversion muss man sogar 1500,– Euro hinblättern. Aber genau das macht diese Art des Merchandisings so außergewöhnlich. Anstatt billiger Plastikringe wird hohe Qualität geboten und durch die ebenfalls hohen Preise findet auch keine Verramschung des Artikels statt. Einige Pärchen sollen sich diesen Ring sogar paarweise als Eheringe bestellt haben, „ein Ring sie zu knechten und ewig zu binden".

Aus dem Nöll'schen Familienbetrieb stammen außerdem Arwens Abendstern und Galadriels Ring Nenya. Beide Schmuckstücke bestehen aus hochwertigen Materialien und sind so akkurat gearbeitet, als seien sie von Elbenhand geschmiedet worden.

## Virtuelle Welten

Das erste offizielle Konsolenspiel zum Film von Electronic Arts heißt „The Two Towers" und wird kurz vor dem Kinostart des zweiten Teils für PlayStation®2 und den Nintendo Game Boy® Advance herauskommen. Trotz des Titels wird sich dieses Spiel inhaltlich auch mit dem ersten Teil der Kinotrilogie befassen. Die Spieler können die wichtigsten Kampfsequenzen aus den ersten beiden Kinofilmen nachspielen und sich dabei mit den Charakteren durch originalgetreue Nachbildungen der Filmsets bewegen.

Auf der PlayStation®2 werden die Spieler in 16 Missionen als Aragorn, Legolas und Gimli gegen die unzähligen Feinde, wie beispielsweise die Orks oder den Höhlentroll, antreten. Dabei geht es nicht nur um kämpferisches Geschick, sondern auch um Taktik. Erste Ausschnitte, die auf der E3, der größten Spielemesse der Welt in Los Angeles, präsentiert wurden, lassen ein temporeiches Action-Spektakel erwarten. Auf dem Nintendo Game Boy® Advance kann man in die Rollen von Aragorn, Legolas, Frodo oder Gandalf schlüpfen, die sich jeweils durch 30 Level kämpfen müssen. Durch ein GBA Link Cable lässt sich das Spiel auch gemeinsam mit anderen Spielern spielen. Leider scheint bei beiden Spielen die Gesamthandlung etwas vernachlässigt worden zu sein, da es vor allem darum geht, Orks, Höhlentrolle oder andere Wesen zu schlachten. Doch die ersten Ausschnitte lassen vermuten, dass diese Kampfsequenzen außerordentlich beeindruckend umgesetzt wurden. Um die Charaktere in bester Qualität umzusetzen, arbeitete Electronic Arts eng mit WETA Digital zusammen, die bereits alle Schauspieler eingescannt und als virtuelle Charaktere in ihren Datenbanken gespeichert hatten. Diese virtuellen Figuren wurden einfach ins Spiel übernommen.

## Polystone-Collectibles

Den absoluten Merchandising-Höhepunkt bieten die Filmemacher selbst: Die Designer und Künstler der neuseeländischen Effektschmiede WETA Workshop, die für sämtliche Modelle und Designs in allen drei Teilen zuständig waren, entwarfen einzigartige Polystone-Skulpturen der Charaktere und Monster im Maßstab 1:6 und Büsten und Helme im Maßstab 1:4. Von Anfang an war die gesamte Filmcrew begeistert von der Idee dieser Skulpturen, und die Schauspieler erklärten sich sofort bereit, für diese Figuren Modell zu stehen. Die Künstler bei WETA entschieden sich dafür, den Figuren einen speziellen Look zu verleihen und modellierten alle Körper und Gesichter von Hand. Die fertigen, bemalten Figuren wurden schließlich den Schauspielern vorgelegt, die dem Design dann zustimmen oder es ablehnen konnten.

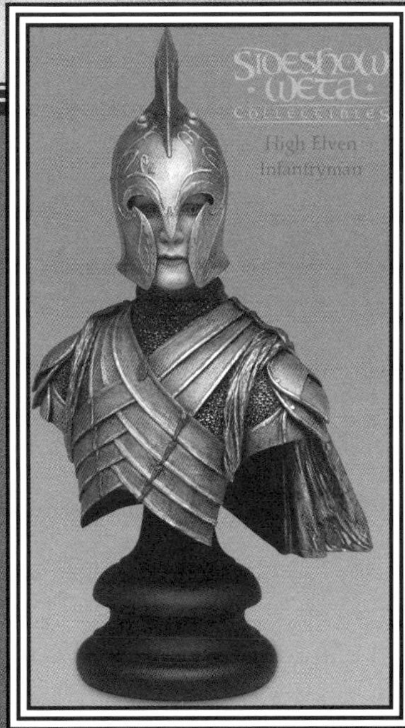

High Elven Infantryman

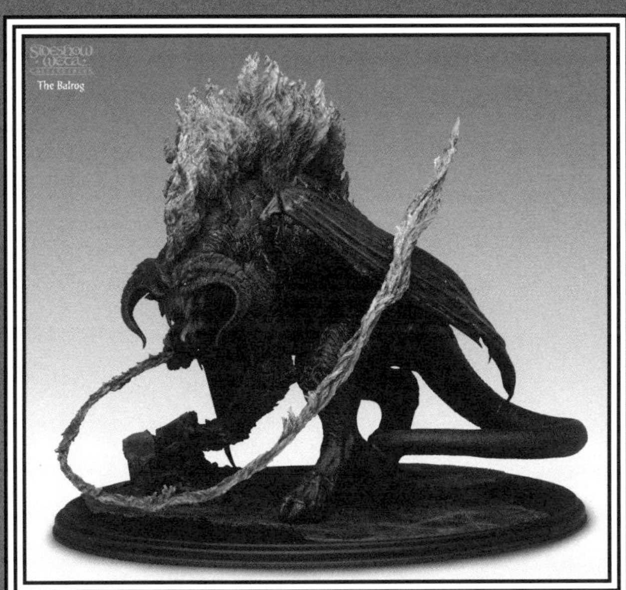

The Balrog

Die Auflage der Statuen ist limitiert und hat seinen Preis. So muss man beispielsweise für einen Nazgûl auf seinem Pferd (Höhe 38 cm) bis zu 425,– Euro hinblättern. Dafür gibt es weltweit aber auch nur 5000 Stück. Alle diese Sammlerstücke sind handbemalt und vom jeweiligen Filmdesigner zertifiziert. Vertrieben werden diese Kunstwerke von der Firma Sideshow Toy. Diese Collectibles sind natürlich die absolute Verkörperung des Edel-Merchandisings.

Moria Orc Swordsman

Forodwaith
Cârn Dûm
mountains
withered heath
Ângmar
of old
Iron Hills
Fornost
Belfalas

# Kapitel 6

# Alte Bekannte und ihre Schauspieler

Kaum ein anderes Buch wartet mit so vielen unterschiedlichen Völkern und Charakteren auf wie „Der Herr der Ringe". Unzählige Hobbits, Elben, Menschen, Zwerge und andere Wesen tummeln sich in Mittelerde, da kann man als Zuschauer schon mal den Überblick verlieren, vor allem da sich die Zahl der Protagonisten im zweiten Teil noch einmal verdoppelt. Und jeder einzelne Charakter wird durch einen Schauspieler geprägt, der dieser Rolle seinen persönlichen Stempel aufdrückt. An dieser Stelle sollen die bekannten Schauspieler und ihre Rollen noch einmal kurz erläutert werden. Die neuen Charaktere aus dem zweiten Teil der Filmtrilogie „Die zwei Türme" werden im nächsten Kapitel vorgestellt.

## Frodo Beutlin – Elijah Wood

Für Frodo Beutlin aus dem Auenland beginnt nach dem Zerfall der Gemeinschaft das Abenteuer erst wirklich, denn nun hat er nur noch Sam, seinen treuen Freund und Gärtner an seiner Seite. Die beiden sind völlig auf sich allein gestellt. Und dies in einer Gegend, die selbst gestandene Männer wie Boromir fürchteten: die Totensümpfe, Vorgarten von Saurons Schattenreich Mordor. Zu allem Unglück gewinnt der Ring mehr und mehr Gewalt über Frodo und verändert den kleinen Hobbit langsam in einen seiner Sklaven. Immer wieder zweifelt Frodo an der eigenen Aufgabe und kommt zunehmend auf die Idee, den Ring zu behalten und ihn zu verwenden. Nur durch den Beistand seines Freundes Sam kann er diese psychische Folter im Land des Bösen überstehen.

Für den ehemaligen Kinderstar Elijah Wood bedeutete die Rolle des Ringträgers Frodo den großen Durchbruch, und noch bevor er im Juni 2002 für einige Nachdrehs zurück nach Neuseeland musste, hatte er bereits die beiden neuen Filme „Ash Wednesday" und „Try Seventeen", in dem er zusammen mit Franka Potente („Lola rennt") vor der Kamera stand, abgedreht. Nun kann sich der 21-Jährige vor Angeboten nicht mehr retten. Aber diese Erfahrung in Neuseeland wird er niemals vergessen. Fast zwei Jahre lebte er das erste Mal ohne seine Eltern in einem fremden Land und lernte dort eine Menge neuer Freunde kennen, die schließlich zu so etwas wie einer Familie wurden. Er beschreibt diese Zeit als die Übergangsphase von der Jugend zum Erwachsensein, die ihn gelehrt hat, selbstständig zu leben und Verantwortung zu übernehmen. Damit hat der Schauspieler sehr viel mit seiner Rolle als Frodo gemeinsam, der in „Der Herr der Ringe" das heimatliche Auenland verlässt und sich mit all seiner Naivität und Unschuld in ein Abenteuer begibt, das ihn als Charakter erwachsen werden lässt. Kein Zufall also, dass die Geschichte mit Frodos 33. Geburtstag beginnt, dem Jahr der Volljährigkeit für Hobbits. Frodo und Elijah haben sehr viel gemeinsam, erzählt der Schauspieler immer wieder gerne und fügt dann hinzu: „Am Anfang hatte ich mich wirklich darauf eingestellt, dass es eine Herausforderung wird, aber nichts und niemand kann dich auf so etwas vorbereiten. Oft, wenn ich darüber spreche, bin ich mir gar nicht mehr bewusst, wie hart es eigentlich war, weil die positiven Erinnerungen überwiegen. Aber dennoch war dies die schwierigste Erfahrung meines Lebens. Ich war noch nie zuvor so müde gewesen."

## Aragorn – Viggo Mortensen

Aragorn nähert sich immer mehr dem Zeitpunkt, Isildurs Erbe antreten zu müssen, um den finsteren Herrscher Sauron zu bezwingen, denn dieser fürchtet nur eines: Dass der vergessene König von Gondor auftauchen könnte, der Nachfahre des Mannes, der ihnst eins niederstreckte und ihm die körperliche Gestalt nahm. Aragorn trennt sich also langsam von seiner Rolle als einsamer Waldläufer Streicher und entwickelt sich zunehmend zu dem Menschen, der er einst war: Ein heroischer Anführer, der zusammen mit Gandalf dem Weißen die Streitmächte des Guten gegen Mordor befehligt. Vorab führt ihn sein Weg aber in das Land Rohan, wo der Zauberer Saruman schon so manches Unheil angerichtet hat, und in der Schlacht bei Helms Klamm kommt es zur Entscheidung. Um einen alten, geheimnisvollen Eid einzulösen, begibt sich Aragorn anschließend auf die Pfade der Toten, von denen nie jemand zurückkehrte. Nur die Liebe der Elbe Arwen gibt ihm die Stärke, diese Herausforderungen zu überstehen.

Nach den Dreharbeiten sagte Regisseur Peter Jackson zu einem Journalisten, dass er sich nicht sicher sei, ob Viggo Mortensen nun wieder seine normale Kleidung anziehen und zurück in die Zivilisation kehren würde, oder ob er von nun an als Aragorn im Wald leben werde. Kein anderer Schauspieler habe sich so sehr mit seiner Rolle identifiziert wie Mortensen. Selbst für die Nachsynchronisation im Tonstudio habe der Schauspieler sein Kostüm getragen, um sich so besser in die Rolle hineinversetzen zu können. Mortensen, der sich selbst lieber als schauspielernden Fotograf und Maler denn als Schauspieler sieht, kann sich nach eigener Aussage sehr gut mit der Rolle des „einsamen Wolfes" identifizieren, wie Aragorn es zu Beginn der Geschichte ist. Außerdem könne er Aragorns Konflikt sehr gut nachvollziehen, wenn dieser seine Rolle als Aragorn II., König von Gondor, antreten muss, um sich Sauron entgegenzustellen.

## Sam Gamdschie – Sean Astin

Für den Autor J. R. R. Tolkien war Sam die wichtigste Gestalt in der Geschichte, denn nur durch Sams Treue und Loyalität wurde letztendlich das gesamte Abenteuer getragen. „Sam ist der am genauesten gezeichnete Charakter", bemerkte Tolkien in einem seiner Briefe. „Er ist der Nachfolger von Bilbo aus dem ersten Roman und viel interessanter als Frodo, da er nicht so hochgesinnt sein muss und eine Berufung hat." Und tatsächlich besitzt Sam mehr heroische Eigenschaften, als auf den ersten Blick sichtbar sind. Er trägt nicht nur für kurze Zeit den Ring, sondern stellt sich ganz alleine bei Cirith Ungol in Mordor den Orks entgegen, um Frodo zu retten. Seine Bedürfnisse sind viel einfacher und nicht so edel wie die von Gandalf oder Aragorn, aber dadurch wirken sie auch um einiges wertvoller. Er begibt sich in ebenso große Gefahr wie diese Helden, aber er tut es nur, um einem Freund zu helfen und ihn beispielsweise vor dem schleimigen Gollum zu beschützen. Dabei entwickelt er übermenschliche, beziehungsweise „überhobbitische" Kräfte.

Für den Schauspieler Sean Astin bedeutete die Verwandlung in den beliebten Sam, der in den Köpfen der meisten Fans schon sehr genau existierte, natürlich eine Aufgabe, die bewältigt werden wollte. Davon abgesehen, dass der 29-Jährige eine ordentliche Portion Bauchspeck „antrainieren" musste, ging es darum, eine Rolle zu verkörpern, die das Schicksal von Mittelerde auf den Schultern trägt, ohne dass man es ihr ansieht. Als seine Agentin ihn anrief und ihm erzählte, dass man ihn gerne zum Vorsprechen einladen würde, hatte er noch keines von Tolkiens Büchern gelesen. „Sie sagte mir damals: Das ist der ‚Herr der Ringe'! Du weißt schon, die Fortsetzung vom ‚Hobbit'! Irgendwoher kannte ich zwar das Wort Hobbit, aber ich hatte keinen Schimmer, was ein Hobbit war. Ich glaube, ich vermutete, dass es sich um eine Art Gnom oder Zwerg handelt, aber selbst dabei war ich mir nicht sicher. Aber einer Sache war ich mir gewiss: Ich wollte dabei sein! Meine Agentin sagte damals: Peter Jacksons Trilogie ‚Der Herr der Ringe' für New Line Cinema. Und als ich diese Worte - ‚Peter Jackson', ‚Trilogie' und ‚New Line Cinema' – hörte, war für mich alles klar!"

## Pippin Tuk – Billy Boyd

Für Pippin und Merry beginnt das eigentliche Abenteuer ebenfalls erst mit dem Zerfall des Bundes, denn in den Klauen der Uruk-hai sind sie ganz allein auf sich gestellt. Und es obliegt wahrscheinlich dem typischen Hobbitglück, dass die beiden knapp entkommen können und sich ihren Weg durch den Fangorn-Wald bahnen. Als die beiden schließlich nach der Zerstörung von Isengart wieder auf Aragorn und Co. treffen, nimmt Gandalf sich des jungen, ungestümen Hobbits an, der in den Augen des Zauberers zu

diesem Zeitpunkt bereits genug Unheil gestiftet hat. So geschieht es schließlich, dass Pippin nach Minas Tirith kommt und dort die schrecklichen Seiten des Krieges kennen lernt.

Der schottische Schauspieler Billy Boyd mochte an der Rolle vor allem die Spontaneität und Unbekümmertheit, die Pippin an den Tag legt. „Das ist der Traum eines jeden Schauspielers. Nicht nur was die Darstellung der charakterlichen Entwicklung über ein Jahr angeht, sondern auch eine so große Vielfalt an Szenen zu spielen."

## Merry Brandybock – Dominic Monaghan

Es ist natürlich unmöglich von Pippin zu sprechen, ohne seinen besten Freund Merry zu erwähnen. Merry entkommt zusammen mit Pippin den schrecklichen Orks, gemeinsam schlagen sich beide durch den Fangorn und erleben das Abenteuer mit dem Ent Baumbart. Erst als die beiden wieder auf Aragorn, Gandalf und die anderen treffen, werden sie getrennt. Während Pippin mit Gandalf nach Minas Tirith reitet, nimmt Aragorn Merry mit nach Rohan und stellt ihn König Théoden (Bernard Hill) vor, der Merry zu seinem Knappen ernennt. So ereignet es sich, dass Merry mit dem Herrscher der Rohirrim zu den Pelennorfeldern reitet und sich mit dem geheimnisvollen Krieger Dernhelm anfreundet, der in der Schlacht im Angesicht des Obersten Anführer der Nazgûl seine wahre Identität offenbart.

# Legolas – Orlando Bloom

Legolas, der Elbenprinz aus dem Düsterwald, erweist sich als ein treuer Gefährte, aber seine wahre Freundschaft gilt von nun an dem Zwergen Gimli, mit dem er Seite an Seite in den großen Schlachten des Ringkrieges kämpft.

Für Orlando Bloom, der von Peter Jackson direkt von der Schauspielschule weggecastet wurde (ursprünglich übrigens für die Rolle des Faramir), war die Rolle des Elbenprinzen Legolas das Beste, was ihm passieren konnte, und er selbst bezeichnet sie in Interviews gerne als Lottogewinn. Aber

außer vermeintlichem Reichtum hat er in dieser Rolle, in der er eigentlich gar nicht sehr viel zu sprechen hat, so viel Charisma bewiesen, dass nicht nur die Teenies auf ihn abfahren, sondern auch direkt eine Menge namhafter Regisseure bei ihm Schlange standen. Ridley Scott („The Blade Runner", „Alien") engagierte ihn sofort für seinen Anti-Kriegsfilm „Black Hawk Down", und kaum war auch dieser Film im Kino, stand er bereits zusammen mit Heath Ledger („Ritter aus Leidenschaft") für den Gangsterstreifen

Dominic Monaghan faszinierte vor allem die interessante Entwicklung seines Charakters, der nicht zu dem typischen Helden mutiert: „Er hat am Ende eine innere Stärke entwickelt, die unendlich bedeutender ist als seine kriegerischen Fähigkeiten. Hobbits können niemals richtig mit Schwertern umgehen. Sie sind auch keine großartigen Reiter, aber sie verlassen sich auf ihre hobbitsche Art – Heimlichkeit, Gerissenheit und Tapferkeit." Der gebürtige Brite wird sein Leinwand-Debüt so schnell nicht vergessen, und nach dem Abschluss der Dreharbeiten war er sogar etwas betrübt: „Also, ich werde es zwar nicht vermissen, um 4:30 Uhr morgens aufzustehen und kalten Klebstoff an die Füße zu bekommen. Ich werde auch nicht die Zwei-Stunden-Fahrten zur Arbeit vermissen oder die langen, langen, langen Tage, in denen ich in meinem Wohnwagen gewartet habe. Ich werde keinen Tag der Woche vermissen. Ich werde auch den Klebstoff an meinen Ohren nicht vermissen. Aber... ich würde es morgen sofort wieder machen."

„Ned Kelly" in Australien vor den Kameras, was ihn auch als einzigen Gefährten daran hinderte, bei den Nachdrehs im Juni 2002 in Neuseeland dabei zu sein. Doch zum Glück war es möglich, alle fehlenden Szenen, in denen er auftaucht, mit einem Double zu drehen.

## Gimli – John Rhys-Davies

Der zunächst sehr verschlossene und wortkarge Zwerg, der aus seiner Abneigung gegen Elben anfangs keinen Hehl macht, scheint durch die Begegnung mit der Elbenkönigin Galadriel (Cate Blanchett) wie verwandelt. Während des Abenteuers entwickelt Gimli eine tiefe Freundschaft zu dem Elben Legolas und kämpft an dessen Seite in den wichtigsten Schlachten von Mittelerde. Während der Kämpfe messen sich beide in ihren Kriegsfertigkeiten und zählen dabei die Orks, die sie zur Strecke bringen konnten.

Der britische Darsteller John Ryhs-Davies („Sliders", „Indiana Jones und „Der letzte Kreuzzug") hielt den „Herrn der Ringe" zunächst für einen langweiligen Roman. Er hatte auch nie daran gedacht, diesen Zwerg zu spielen: „Wollen Sie wissen, warum ich mich auf diesen Film eingelassen habe?", fragte er einen Journalisten in einem Interview. „Ich wollte unbedingt den Denethor spielen. Er ist Boromirs Vater und taucht erst in ‚Die zwei Türme' auf. Ich dachte: Ich fahre ein paar Wochen nach Neuseeland, trete in ein paar Szenen auf, fahre heim und weiß, dass ich in einem der größten Filme aller Zeiten mitgespielt habe. Das dachte ich."

Alles kam bekanntlich anders, und schließlich schlüpfte Rhys-Davies sogar in zwei Rollen: in die als Gimli der Zwerg und als die Original-Stimme für Baumbart, dem Ent. Es gibt kaum eine Rolle, auf die er stolzer ist. So verrät er den Kinozuschauern und Fans des ersten Teils sehr gerne: „Ihr habt zwar nun den ersten Teil gesehen, aber eigentlich habt ihr damit noch gar nichts gesehen!"

# Kapitel 7

# Die neuen Charaktere und ihre Schauspieler

## König Théoden – Bernard Hill

Als die vier Gefährten Gandalf (Sir Ian McKellen), Gimli (John Rhys-Davies), Legolas (Orlando Bloom) und Aragorn (Viggo Mortensen) die hölzerne Feste Edoras, die Hauptstadt des Reitervolkes der Rohirrim, erreichen, bietet sich ihnen das traurige Bild eines alten und senilen Königs, gebrochen durch Schicksalsschläge und den Einfluss der bösen Mächte. Sein Königreich wird durch die Uruk-hai des Zauberers Saruman (Christopher Lee) terrorisiert, die plündernd und brandschatzend übers Land ziehen. Sein einziger Sohn Théodred starb wenige Tage zuvor an den Furten des Isen im Kampf mit den Orks. Und zu allem Unglück handelt es sich bei Théodens engstem Berater Grima (Brad Dourif) um einen Spion Sarumans. Grima hat die Seele des Königs über Wochen langsam und unmerklich vergiftet, ihn so nach und nach geschwächt und ihm jegliche Hoffnung genommen. Erst als Gandalf der Weiße (Ian McKellen) am 2. März 3019 die Königshalle Meduseld betritt, hat der Spuk ein Ende, denn Gandalf durchschaut Grimas Machenschaften und verbannt den unfreundlichen Lakaien aus Edoras. Außerdem nimmt der Zauberer König Théoden den Krückstock weg und gibt ihm stattdessen sein Schwert Herugrim zurück. Und als vertreibe die Magie des Schwertes den schwarzen Schleier des Bösen, ist der Zauber plötzlich gebrochen und Théoden, der 17. König von Rohan, bekommt seine Kraft und seinen Stolz zurück. Wieder der alte Heerführer sammelt er seine Mannen, besteigt sein Pferd Schneemähne und führt die Rohirrim in den Krieg gegen Saruman. Bei der Hornburg kommt es im zweiten Teil der Ring-Trilogie „Die Zwei Türme" zur entscheidenden Schlacht gegen Uruk-hai und Dunländer, wilden Menschen, die sich dem Zauberer Saruman angeschlossen haben. Aber damit nicht genug: Im dritten Teil „Die Rückkehr des Königs" führt König Théoden die Rohirrim unter dem Banner von Rohan (weißes Pferd auf grünem Grund) auf den Pelennor-Feldern gegen Saurons finstere Armeen aus Mordor.

Schauspieler Bernard Hill („Titanic") hatte den Roman zwar schon 1977 zum Geburtstag bekommen, doch ihn nie ganz gelesen, da ihm der erste Teil für seinen Geschmack etwas zu skurril vorkam. Als er für die Rolle von Théoden engagiert wurde, begann er einfach den zweiten und dritten Teil zu lesen. Besonders imponiert hat ihn der Mut von New Line Cinema, die dieses Filmprojekt finanziert haben.

## Gandalf der Weiße – Ian McKellen

Einerseits ist Gandalf zwar ein alter Bekannter, doch nach seinem vermeintlichen Tod in den Minen von Moria kehrt er völlig verwandelt zurück, und auch sein Charakter hat sich grundlegend verändert. Denn es ist Gandalf der Weiße, der Aragorn, Legolas und Gimli am Rande des Fangorn-Waldes überrascht, ein mächtiger Zauberer und Heerführer. Er ist nicht länger der alte, gebrechliche Märchenonkel, der manchmal unverständliche Dinge in seinen Bart nuschelt. Gandalf hat die Position von Saruman und damit auch dessen Macht eingenommen. Für ihn ist es an der Zeit, die Geschehnisse in Mittelerde in die Hand zu nehmen und nicht länger dem Untergang dieser Welt tatenlos zuzuschauen. Gandalf, der Träger des Elbenringes Narya, tritt unverhohlen als Führer des Bundes gegen Sauron auf, mobilisiert die Armee der Rohirrim und zieht anschließend mit den Streitmächten Gondors in den Krieg.

Für den renommierten Shakespeare-Mimen Sir Ian McKellen war es fast so, als ob er zwei Rollen zu spielen habe, denn auch wenn beide Gandalf-Figuren durchaus

Überschneidungen aufweisen, so besitzen sie doch sehr unterschiedliche Charakterzüge. Umso schwerer war dies, da nicht chronologisch, sondern die Szenen aller drei Teile quer durcheinander gedreht wurden. „Ich weiß noch, dass Gandalfs Ankunft vor Beutelsend die allererste Szene war, die ich gedreht habe", schildert Ian McKellen diese Erfahrung. „Und ich dachte: ‚Oh, das wird ja ganz nett. Wir starten am Anfang und drehen dann alle Szenen bis zum Ende.' Aber schon in der zweiten Woche musste ich dann die letzte Szene des dritten Films als Gandalf der Weiße drehen." Durch seine langjährigen Erfahrungen auf den unterschiedlichsten Bühnen der Welt meisterte Ian McKellen diese Herausforderung aber hervorragend.

## Éomer – Karl Urban

Der junge und grimmige Krieger Éomer ist der Neffe von König Théoden und der dritte Marschall von Rohan. Nach dem Tod von Théodens Sohn wird er der offizielle Thronerbe von Rohan und löst den König nach dessen Tod auf dem Thron ab. Die Gefährten Gimli, Legolas und

Aragorn treffen Éomer und seine Mannen bei der Jagd nach den Uruk-hai, die Merry und Pippin entführt haben. Éomer ist den drei Gefährten wohl gesonnen und leiht ihnen zwei edle Pferde (Gimli reitet bei Legolas mit), um deren Unterfangen zu unterstützen. Er selber hat mit seinen Rohirrim-Kriegern auch schon einige Uruk-hai erschlagen, und ihm ist jede Unterstützung gegen Sarumans Kreaturen recht, denn mit Sorge betrachtet er den Zustand seines kranken Onkels König Théoden, um den sich seine Schwester Éowyn (Miranda Otto) fürsorglich kümmert. Als der König nach Gandalfs Besuch im März 3019 wieder geheilt ist, zieht Éomer mit ihm in die Schlacht von Helms Klamm, und später kämpft er auf den Feldern von Pelennor an seiner Seite gegen Saurons Armeen. Éomer geht unter dem heroischen Namen Éomer Éadig (der Glückliche) in die Helden-Chroniken von Edoras ein. Aber zuvor lebt er noch glücklich und lange mit seiner Frau Lothíriel, der Tochter des Fürsten Imrahil von Dom Amroth und schlägt zusammen mit Aragorn noch so manche siegreiche Schlacht.

Für den Neuseeländer Karl Urban, der bereits einige Male für die TV-Serien „Xena" und „Hercules" vor der Kamera stand, war das Fantasy-Genre nichts Neues, dennoch bezeichnet er die Erfahrung am Set von „Der Herr der Ringe" als einzigartig. Im Gespräch mit einem Fan verriet Urban, dass er die Rolle für Éomer durch seinen Auftritt im neuseeländischen Film „The Price of Milk" bekommen habe. Bei diesem Film führte Peter Jacksons Freund und Kollege Harry Sinclair Regie, der in der Ringtrilogie übrigens als Isildur zu sehen ist. Sinclair zeigte Jackson erste Rohschnittfassungen seines Films, als der gerade auf der Suche nach seinem Éomer war. Auf diesem Weg sei er um mühsame Vorsprechen herumgekommen. Ferner erzählte Urban, dass Peter Jackson und Phillippa Boyens sehr sorgfältig mit der Rolle von Éomer umgegangen seien. Sie seien sich darüber im Klaren gewesen, dass sie nicht allzu viel von der Vorlage ändern durften, was ein Sakrileg gewesen wäre. Außerdem sei Urban sehr beeindruckt davon gewesen, wie die Ereignisse aus dem Buch adaptiert wurden.

## Éowyn – Miranda Otto

Die Geschichte von Éowyn, der Schildmaid von Rohan, ist die tragische Geschichte um eine aussichtslose Liebe. König Théodens Nichte wuchs zusammen mit ihrem Bruder Éomer in König Théodens Haus auf. Als Angehörige des Volkes der Rohirrim konnte sie auch als Frau gut reiten und das Schwert führen. Als ihr Onkel durch den Einfluss von Grima immer seniler wird, kümmert sie sich um ihn und ist überglücklich, als Gandalf dem alten König seine Kraft zurückgibt. Aber zusammen mit Gandalf ist auch Aragorn in der Königshalle aufgetaucht, und als Éowyn den Erben von Isildur das erste Mal erblickt, verliebt sie sich unsterblich in ihn. Unglücklicherweise hat Aragorn seine Liebe schon der Elbe Arwen versprochen und wird somit für Éowyn unerreichbar, was die junge Frau in tiefe Trauer stürzt. Als König Théoden mit seinen Mannen in den Krieg nach Gondor zieht, und Aragorn die gefährlichen Pfade der Toten wählt, um zum Stein von Erech zu gelangen, sieht die Königsnichte es nicht länger ein, hinter dem Herd zu stehen und zu warten, bis der Feind ihr das Haus über dem Kopf abbrennt. Sie verkleidet sich als Krieger, nennt sich Dernhelm und begleitet die Rohirrim in die Schlacht. Während der Reise freundet sie sich mit dem Hobbit Merry an, dem sie ihre wahre Identität aber nicht offenbart und ihn im Glauben lässt, sie sei der Krieger Dernhelm. Bei der Schlacht auf den Pelennor-Feldern kommt es schließlich zu einer schicksalhaften Begegnung mit dem Anführer der Nazgûl, die fast ihr Leben kostet. Nur Aragorns heilende Hände können sie zurück ins Leben rufen. Während ihres Aufent-

haltes in den Häusern der Heilung in Minas Tirith lernt sie den verwundeten Faramir (David Wenham) kennen, den Bruder von Boromir (Sean Bean), lernt ihn zu lieben und heiratet ihn schließlich nach dem Ringkrieg.

Schauspielerin Miranda Otto war ganz und gar hingerissen von ihrer Rolle. Es sei so, als ob man in seinem eigenen Märchen mitspielt, erzählte sie der USA Today. Sie mag Éowyn, weil diese nicht „so ein weinerliches Dornröschen ist, sondern jemand mit Mut. Sie verliebt sich in Aragorn, aber da ihre Liebe unerwidert bleibt, verkleidet sie sich als Mann, zieht in den Krieg und tötet den Hexenkönig." Begeistert war die 34-Jährigen von ihrem Kostüm: „So würde ich mich gerne des Öfteren anziehen!", erzählte sie. Nur der Schwertkampf gefiel ihr noch besser: „Das hat einen Riesenspaß gemacht." Lachend fügte sie hinzu: „Das würde ich gerne regelmäßig machen, auch wenn dabei wahrscheinlich die Gefahr bestünde, dass ich jemandem das Bein abschlagen könnte."

## Faramir – David Wenham

Der stolze Bruder von Boromir (Sean Bean) und jüngere Sohn des Truchsesses von Minas Tirith zieht mit seinen Mannen durch die Wälder Itiliens, wo sie den beiden Hobbits Frodo (Elijah Wood) und Sam (Sean Astin) auf ihrer Reise nach Mordor begegnen. Wie seinem Bruder kommt auch Faramir der verführerische Gedanke, den Ring an sich zu reißen, um sein Volk zu retten. Erst als Frodo erwähnt, dass er Boromir kennt, traut Faramir ihm und bietet seine Hilfe an. Faramir ist es auch, der Frodo von Boromirs Tod berichtet, denn er sah das Totenboot auf dem Anduin treiben. Als die Geschehnisse in Mittelerde Faramir schließlich auf die Felder von Pelennor führen, wo die Schlacht gegen die finsteren Horden tobt, wird er so schwer verwundet, dass ihm nur noch ein Wunder helfen kann. Zu allem

Unglück beschließt Faramirs geistesgestörter Vater Denethor II., Truchsess von Minas Tirith, sich zusammen mit seinem Sohn auf einem Scheiterhaufen zu verbrennen. Die Flammen züngeln schon, als Faramir in letzter Sekunde

gerettet werden kann. Sein Vater aber wird ein Opfer der Flammen. Der Schwerverletzte wird in die Häuser der Heilung gebracht, wo er wie durch ein Wunder durch Aragorns magische Hände geheilt werden kann. Während seiner Genesung lernt er die Schildmaid Éowyn kennen, in die er sich verliebt.

David Wenham, der von dem Roman nur gehört hatte, schien an der Rolle des Faramirs nie wirklich interessiert gewesen zu sein. In einem Interview bei einem australischen Radiosender erzählte er: „Ich weiß gar nicht mehr so genau, wie es dazu kam, dass ich für ‚Der Herr der Ringe' ausgewählt wurde. Ich glaube, Peter Jackson hatte damals den Film ‚The Boys' gesehen und schien ihn sehr zu mögen. Daraufhin wollte er unbedingt, dass ich auch bei seinem Projekt dabei bin. Also habe ich etwas von mir auf Video aufgenommen. Doch eigentlich habe ich mir davon nicht viel versprochen und auch nicht damit gerechnet, dass er mich nochmals kontaktieren würde." Aber dann kam es doch anders, als Wenham dachte, denn Peter Jackson war davon überzeugt, dass Wenham einen perfekten Faramir abgeben würde. Die Zusammenarbeit trug Früchte und der Schauspieler sprach immer vollen Lobes über den Regisseur: Jackson sei immer sehr bemüht gewesen, die Geschichte möglichst realistisch und inhaltsgetreu umzusetzen. Wenham mag vor allem die Wendung am Ende des dritten Teils: „Die Liebesgeschichte zu Éowyn ist ein Spiegel für unsere Welt, denn von Aragorn abgelehnt wendet sie sich in den Häusern der Heilung Faramir zu. So läuft es doch auch im richtigen Leben."

## Baumbart – John Rhys-Davies (Stimme)

Seine Haut ist wie alte, knorrige Rinde. Seine Arme scheinen Äste zu sein, und auf seinem Kopf befindet sich eine Blätterkrone. Er ist über vier Meter groß und trägt einen langen, grauen Bart. Baumbart ist eines der ältesten Wesen Mittelerdes, ein Baumhirte, eines von jenen sonderbaren Wesen, die auf den ersten Blick selbst wie alte Bäume aussehen, die aber durchaus sprechen und sich bewegen können. Sein elbischer Name ist Fangorn, so wie sein Wald, den er bewacht. Baumbart bewohnt die Laube Quellhall am Fuße des Berges Methedras, und er ist nicht der einzige Ent im Fangorn. Seit Äonen lebt er mit vielen anderen Ents in diesem Wald und hält sich aus den für ihn flüchtigen geschichtlichen Ereignissen von Mittelerde heraus. Er ist nicht an den Kriegen der Menschen und Elben interessiert, denn nach seinem Zeitverständnis handelt es sich hierbei um Begebenheiten, die nur einen Augenblick andauern. Doch im Ringkrieg geschieht etwas, das dann doch seine Aufmerksamkeit erregt: Sarumans Orks haben die alten Bäume um Isengart gefällt und bedrohen nun auch den Fangorn-Wald. Das kann Baumbart nicht tolerieren. Er versammelt sich mit den anderen Ents, um gegen Saruman vorzugehen, dem mehr an Maschinen und Rädern liegt als an wachsenden Lebewesen. Genau in diese Ereignisse stolpern die beiden Hobbits Merry und Pippin. Baumbart ist durchaus fasziniert von diesen beiden Wesen, die er normalerweise wie unwichtige Insekten zerquetscht hätte, hätten sie ihm nicht vom Auenland erzählt. Denn die Ents sind dem Untergang geweiht, da sie ihre Frauen verloren haben. Eines Tages waren sie einfach verschwunden, und Baumbart spekuliert, dass ihnen das Auenland durchaus gefallen könnte. Drei Tage lang beraten sich die Ents, um dann schließlich alle zusammen mit Merry und Pippin nach Isengart zu Sarumans Festung zu wandern, um diesem Schrecken ein Ende zu machen. In einer gewaltigen Schlacht durchbrechen die Ents die Mauern von Isengart und fluten das gesamte Gelände, alle Höhlen und Schmieden mit dem Wasser des Flusses Isen.

Baumbart zum Leben zu erwecken, war nicht nur für die Computerdesigner bei WETA-Digital, sondern auch für den Tolkien-Künstler John Howe eine große Herausforderung, der den Look der Baumwesen entwerfen musste, die von Tolkien nur sehr vage beschrieben wurden. Es sollte von Anfang an verhindert werden, dass diese ehrwürdigen, alten Kreaturen albern oder ungelenk aussehen. Also programmierte man eine ganz spezielle Software, um die Ents mit all ihren Blättern und Ranken zum Leben zu erwecken.

Ironie des Regisseurs ist die Tatsache, dass John Rhys-Davies, der Darsteller des kleinen Zwerges Gimli, nun auch die größte Kreatur der Verfilmung spricht.

## Grima Schlangenzunge – Brad Dourif

Grima, der engste Berater des Königs von Rohan, hat von den Rohirrim den Spitznamen Schlangenzunge bekommen, denn durch seine Einflüsterungen und Lügen ist der König krank und senil geworden. Aber dennoch ahnt niemand die eigentliche Identität dieses kleinen Betrügers: In Wahrheit ist Grima nämlich ein Spion, der in Sarumans Diensten steht. Erst als Gandalf der Weiße nach Rohan kommt, haben diese Machenschaften ein Ende. Es ist Gandalfs mächtiger Zauber, der schließlich Grimas bösen Bann löst. Er heilt den König von seinem Leiden und verjagt den Spion aus Edoras. Daraufhin begibt sich dieser zornentbrannt zurück zu seinem Herren, der ihm ein kostbares Geschenk versprochen hatte: die Liebe der Schildmaid Éowyn. Grima ist sowohl erzürnt über die Ereignisse in Edoras als auch über seinen Herrn Saruman, was schließlich zu einer entscheidenden Wendung der Geschichte führt.

Brad Dourif ist prädestiniert für die Rolle des irren, durchgedrehten und verrückten Attentäters und ist schon sehr oft in ähnliche Rollen geschlüpft. Deshalb passte ihm auch das Gewand von Grima wie angegossen, und einige Fans sind der einhelligen Meinung, dass er unter allen Charakteren der Höhepunkt des zweiten Films sein wird.

## Gollum – Andy Serkis

Gollum ist der Anfang und das Ende. Die schleimige Kreatur stellt eine der wichtigsten Gestalten in der gesamten Ringerzählung dar. In seiner Höhle beginnt die Geschichte, als Bilbo dort den Einen Ring findet, und mit Gollum endet auch das gesamte Epos.

Gollum, der vor Jahrhunderten selbst ein Hobbit war, ist dem Ring mit Haut und Haar verfallen. Auf der Jagd nach ihm begibt er sich sogar ins Land Mordor, wo er Sauron in die Hände fällt und von diesem gefoltert wird, bis Gollum vor Schmerzen die beiden Worte „Beutlin" und „Auenland" schreit und damit den Stein ins Rollen bringt. Denn nur auf Grund dieser Kreatur wird Sauron auf die Hobbits und Frodo aufmerksam und jagt ihnen seine Ringgeister auf den Hals.

Doch Gollum hat seine eigenen Pläne und nur noch ein Ziel im Leben: Er will seinen Ring zurück, egal was es kostet! Wie ein drogenabhängiger Junkie würde er alles tun, um den Ring zu bekommen. Nur aus diesem Grund begleitet er die beiden Hobbits Frodo und Sam bis zum Schicksalsberg, da er bis zur letzten Sekunde hofft, wieder der alleinige Besitzer des Rings zu werden. Während dieser langen Reise wird der Zuschauer ein psychologisches Seilziehen zwischen den drei Personen erleben, bei dem immer wieder ein anderer die Oberhand gewinnt. Regisseur Peter Jackson kündigte an, dass er diese psychologischen Spielchen zwischen Gollum, Frodo und Sam sogar noch etwas mehr ausbauen werde, als es im Roman der Fall ist. Hinzu kommt die schizophrene Eigenschaft Gollums - auf der einen Seite das Furcht einflößende, hinterhältige Monster aus den Orkhöhlen und auf der anderen Seite der Mitleid erregende, winselnde Sméagol, Gollums Alter Ego. Diese Charaktereigenschaften auf eine computergenerierte Figur zu übertragen, war die Aufgabe der Computer-Künstler bei WETA-Digital.

„Gollum wird eine der hochentwickeltsten, digitalen Kreationen sein, die man bisher gesehen hat", verspricht Richard Taylor, Chef der neuseeländischen Spezial-Effekte-Firma WETA. „Man kann alle alten Vorstellungen von CG-Kreationen über Bord werfen, denn Gollum wird alles in den Schatten stellen."

Die Kreatur wird durch komplizierte Motion-Capture-Technik, aber vor allem durch neuartige Computeranimation zum Leben erweckt. Motion-Capturing ist ein Verfahren, bei dem ein Schauspieler in einem Datenanzug steckt, der jede Bewegung aufzeichnet und an den Computer leitet. WETA-Digital hat dieses Verfahren verbessert, um flüssige, dynamische Bewegungen zu erzeugen. Peter Jackson wollte von Anfang an einen computergenerierten Look verhindern. Damit Gollum realistisch wirkt, wurde ein Drahtgittermodell von seinem Körper entworfen, das auf organischen Muskeln und Knochen basiert. Die WETA-Künstler studierten unzählige Anatomie-Lehrbücher, um realistische Gewebestrukturen und Muskelverläufe zu entwickeln. Der Zuschauer sollte unter der blassen, ausgemergelten Haut die Muskeln und Knochen erkennen können. Letztendlich setzte sich aber die 100-prozentige Computeranimation durch, die den Künstlern auf diesem Sektor viel mehr Möglichkeiten bietet. „Er wirkt unglaublich lebensecht, und wir haben nun die Möglichkeit, ihm eine ganze Palette von Gefühlen zu geben", schwärmte Regisseur Peter Jackson während der Nachbearbeitung. Unterstützt wurden die WETA-Künstler dabei von dem Schauspieler Andy Serkis selbst, der Gollum im englischen Original seine Stimme leiht. Der Schauspieler war bei allen Szenen anwesend und schlüpfte auch in den Motion-Capture-Datenanzug, um seine pantomimischen Bewegungen auf die Kreatur Gollum zu übertragen. Zusätzlich wurde Serkis' Gesicht in diversen emotionalen Ausdrucksformen gefilmt und auf das digitale Gesicht von Gollum übertragen. Produzent Barrie Osborne zufolge werde Gollum die realistischste animierte Figur sein, die man je auf der Leinwand gesehen hat: „Es ist zwingend notwendig, Gollum als realen Charakter zu sehen. Er wird zwar per Animation auf die Leinwand gebracht, muss aber die emotionale Vielfalt einer vom Ring geknechteten Figur bieten."

Die Kinozuschauer und Tolkien-Fans müssen sich leider noch bis zum 18. Dezember 2002 gedulden, bis sie diese Kreatur in ganzer „Pracht" auf der Leinwand erleben dürfen.

## Kapitel 8

# Eine oscarreife Produktion

An einem Film arbeiten gewöhnlich eine ganze Menge Menschen, und bei einer so gewaltigen Produktion wie „Der Herr der Ringe“ waren im Hintergrund über 2000 Leute beteiligt. Diese Personen haben oft Dinge geschaffen, die dem durchschnittlichen Zuschauer gar nicht aufgefallen wären, wenn nicht kompetente Jurys diese Arbeit honorieren würden. „Der Herr der Ringe“ wurde mit einer Vielzahl von Preisen überschüttet, aber den absoluten Höhepunkt bildete die Bekanntgabe der Oscar-Nominierungen im Januar 2002. In sage und schreibe 13 Kategorien war das Epos als preisverdächtig befunden worden. Dass es schließlich „nur“ in vier Kategorien ausgezeichnet wurde, ist nicht nur auf die starke Konkurrenz zurückzuführen, sondern vielmehr auf das ausgefallene Genre „Fantasy“, dem bei einer Oscar-Verleihung noch nie zuvor so viel Aufmerksamkeit geschenkt wurde. Dennoch bleiben auch die Leistungen in den Kategorien, die nicht gewonnen haben beachtlich.

Um die Arbeit der Drehbuchautoren, Kameraleute, Kostümdesigner und Designer besser verstehen zu können, soll diese im Folgenden ausführlich beleuchtet und dargelegt werden.

## 8.1 Drehbuch

Der Kult-Regisseur Stanley Kubrik erklärte einmal zu Lebzeiten: „Um einen guten Film machen zu können, benötigt man drei Dinge: ein gutes Drehbuch, ein gutes Drehbuch und ein gutes Drehbuch.“

So war sich auch Regisseur Peter Jackson darüber im Klaren, dass eine Verfilmung des größten Fantasy-Epos aller Zeiten nur mit einem exzellenten Drehbuch funktionieren würde. Da er zusammen mit seiner Frau Fran Walsh bereits 1994 für das Drehbuch von „Heavenly Creatures“ für den Oscar nominiert worden war, traute er es sich durchaus zu, auch diesmal wieder zusammen mit seiner Frau ein brauchbares Drehbuch abliefern zu können. Dennoch holten sich die beiden Verstärkung in Gestalt des Tolkien-Fans Philippa Boyens.

Und tatsächlich ging ihre Rechnung auf. Acht Jahre später pilgerten sie wieder zur Oscar-Verleihung, denn ihr Drehbuch „Der Herr der Ringe - Die Gefährten“ war in der Kategorie „Bestes adaptiertes Drehbuch“ nominiert worden.

Doch begonnen hatte alles sieben Jahre früher an einem Sonntagnachmittag.

Als es sich die Eheleute Peter Jackson und Fran Walsh an diesem besagten Sonntagnachmittag im Jahre 1995 in ihrem Bett gemütlich gemacht hatten, keimte in ihnen der unerklärliche Wunsch auf, das Unmögliche möglich zu machen. Damals befanden sie sich gerade mitten in ihrer dritten gemeinsamen Produktion mit dem Titel „The Frighteners“ und sinnierten darüber, was sie nach der Horrorkomödie mit Michael J. Fox wohl als Nächstes auf die Beine stellen könnten. „Ich dachte mir, wir könnten doch so etwas im Stil von ‚Der Herr der Ringe‘ machen“, erzählte Jackson. „Wenig später dachte ich: Moment einmal, warum eigentlich nicht den ‚Herrn der Ringe‘ selbst verfilmen?“

Mittlerweile hat Peter Jackson eine der wichtigsten Antworten auf die Frage bekommen, warum sich vor ihm noch niemand an eine Realverfilmung gewagt hatte. Das 1100-Seiten-starke Epos auf die Leinwand zu bannen, stellte sich als eine äußerst schwere Aufgabe heraus.

Probleme kamen schon im Vorfeld auf, als Jackson sich die Rechte sichern wollte, und auf die Suche nach einer Produktionsfirma ging, die diesen Übervater eines Genres finanzieren sollte.

Die erste große Hürde lag darin, ein gutes Drehbuch zu erstellen, damit der Neuseeländer mögliche Interessenten von seiner Vision überzeugen konnte. In verschiedenen Abschnitten und im Verlauf von drei Jahren bearbeiteten Jackson, Walsh und Mitautorin Philippa Boyens das umfangreiche und verstrickte Epos, was sich als ein an Schwierigkeiten kaum zu überbietender Drehbuch-Entstehungsprozess erwies.

„Man kann nicht einfach den Roman und einen Farbmarker nehmen und dann eine Story daraus machen“, erklärte Walsh. „Die letzten fünf Jahre entpuppten sich als eine Reise in eine Geschichte, auf der wir einen Grad des Verständnisses erreichten, den wir zu Beginn nicht besaßen. Hätten wir anfangs auch nur vage geahnt, was da auf uns zukommen würde, dann hätten wir vermutlich erst gar nicht damit angefangen“, fügte sie lachend hinzu.

„Wir waren auf die Dichte und ungeheure Größe der Hintergrundstory nicht vorbereitet gewesen“, sagte Jackson. „Es ist nicht nur ein Buch, sondern vielmehr eine komplette mystische Philosophie.“

*Die Eheleute Peter Jackson und Fran Walsh kamen schon 1995 auf die Idee, aus „Der Herr der Ringe" einen Film zu machen.*

Seit Jackson und Walsh den Roman das letzte Mal gelesen hatten, waren viele Jahre vergangen, bis sie daran dachten, diesen sonntäglichen Tagtraum Wirklichkeit werden zu lassen. Nachdem sie die erste Drehbuchversion geschrieben hatten, gewannen sie die Mithilfe von Philippa Boyens, die nicht nur Geschäftsführerin der New Zealand Writers Guild, sondern auch ein leidenschaftlicher Tolkien-Fan ist. Diese Entscheidung wurde eher vom Schicksal als von nüchterner Überlegung gelenkt. Denn es kam so, dass Jackson zu jenem Zeitpunkt einen Schauspieler um Rat fragte, der zuvor schon mit Boyens gearbeitet hatte. Und dieser meinte: „Du solltest mit Philippa reden, sie hat diesen Stoff schon so viele Male gelesen."

Also las Boyens die erste Version des Drehbuchs und fügte einige Anmerkungen hinzu, die von Jackson und Walsh erfreut aufgenommen wurden, auch wenn Boyens noch nie zuvor ein Drehbuch geschrieben hatte. „Als ich 1997 zu den beiden stieß", erzählte Boyens, „nahm ich an, dass es sich hierbei um ein kurzes Engagement handeln würde. Doch dann gab New Line bekannt, dass sie drei Filme wollten. Und plötzlich musste ich all meine Karten auf den Tisch legen. Ich tat meinen Job und liebte die Arbeit, was mich positiv überraschte, da ich zum allerersten Mal an einem Drehbuch mitarbeitete."

Die Länge des Werkes stellte eine offensichtliche Hürde dar, doch die Art der Geschichte bereitete noch größere Probleme und machte die Transformation des Werkes in ein Drehbuch nahezu unmöglich. „Wenn man es zuerst betrachtet, erscheint es einfach", erinnerte sich Peter Jackson. „Es passiert so viel und es gibt solch großartige Szenen. Aber wo Tolkien ein Ereignis beschreibt, wollten wir emotionale Auswirkungen darstellen, zeigen, dass diese Personen wirklich existieren."

„[Tolkien] beschrieb es als Märchen, als Sage", erläuterte Walsh. „Die große Herausforderung lag darin, eine Aufmerksamkeitsebene für die Zuschauer zu finden, was eine Sage nicht erlaubt. Nimmt man beispielsweise Aragorn, der ein klassischer Held aus einer Sage ist. In den Büchern erhält man keinen genaueren Einblick in seine Psyche, die Figur besitzt keine emotionale Tiefe. Doch der Zuschauer muss sich mit ihm verbunden fühlen."

„Wir mussten ein wenig tiefer unter der Oberfläche des mystischen Helden graben", so Jackson. Und Fran Walsh fügte hinzu: „Aragorn befindet sich in einer Zwickmühle zwischen seiner Rolle in diesem Abenteuer und seinem königlichen Erbe. Er begreift, dass Macht korrumpiert – und diese bereitwillig anzunehmen, würde gefährlich werden, besonders für ihn."

„Aragorn erkennt, dass die Macht des Ringes das Böse verkörpert und dass seine Vorfahren durch ihn vernichtet wurden", sagte Jackson. „Wahrscheinlich stammt seine Einstellung daher, weil er von den Elben großgezogen wurde und diese immer wieder betonen, dass die menschliche Rasse schwach ist. Und so bezweifelt auch Aragorn, dass Menschen die Geschicke der Welt lenken können."

„Wir schufen außerdem Verbindungen zwischen Aragorn und Boromir, was eine interessante Nebeneinanderstellung bedeutet", erläuterte Jackson. „Aragorn besitzt die Stärke zuzusehen, wie Frodo mit dem Ring die Gefährten verlässt. Boromir hingegen besitzt Zuversicht und Vertrauen in die Menschen und ist davon überzeugt, dass der Ring ihnen helfen kann. Vom Standpunkt des Filmens sind Charaktere mit solcher Dynamik notwendig."

Peter Jackson und Fran Walsh haben viel Zeit mit Tolkiens Werk und all den mythischen Hintergründen verbracht - und ebenso miteinander. Jackson und Walsh sind seit 13 Jahren Arbeitskollegen, seit 11 Jahren Lebenspartner und seit 7 Jahren Eltern (ihre siebenjährige Tochter und ihr sechsjähriger Sohn debütieren im Film als Hobbit-Kinder).

Als sich Philippa Boyens dem Team der beiden anschloss, entschied sie sich zunächst dafür, die Bücher nicht noch einmal zu lesen. „Ich wollte sehen, an was ich mich noch erinnern konnte", erzählte sie in einem Interview. „Ich dachte, das wären dann die wichtigsten Dinge."

Tatsächlich dienten die ersten Konzepte dazu, die Fülle des Materials nach den nötigen „Haupt-Handlungssträngen“ zu durchforsten. Die Entwicklung des Konzepts veränderte diese Handlungsstränge dann zunehmend. „Augenblicke, die man bisher als essenziell erachtet hatte, waren es auf einmal nicht mehr, weil sich etwas Anderes entfaltete“, so Boyens.

Als New Line grünes Licht für drei Filme gab, gesellte sich zu ihrer Freude auch ein Hauch Verzweiflung.

„Wir mussten alles komplett neu bearbeiten“, sagte Walsh. „Das bedeutete auch, dass wir alles noch einmal neu überdenken mussten. Zum Glück wurden wir im Laufe der Zeit schriftstellerisch immer besser und besser.“

dass die Stimmung der Elben so ‚wie in einem Lied‘ sei. Uns stellte sich nun die Frage: Wie beschreibt man eine solche Stimmung?“

Auch Tolkiens Beschreibungen der Landschaft plagten die Autoren. „Tolkien durchtränkt die Landschaft mit Identität, Persönlichkeit und präsentiert dabei eine, man könnte fast sagen, ‚mit Emotionen versehene‘ Natur“, sagte Jackson. „Das ist etwas, was man im Film nicht umsetzen kann.“

„Aber die Bösewichte“, ergänzte Jackson schnell, „waren das Schwierigste von allem. Tolkien beschwört das Böse, er

*Bei der Umsetzung des Romans in ein Drehbuch traten viele Schwierigkeiten auf: Wie beschreibt man im Film z. B. die Stimmung bei den Elben?*

Für Tolkien-Fans mag so eine Aussage überheblich klingen, aber vom dramaturgischen Standpunkt aus gesehen bereitete die Adaption des „Herrn der Ringe“ noch mehr Probleme als jene, die schon auf Grund der Länge des Werkes und den Mangel an intimer Charakterentwicklung existierten. Tolkiens Schreibstil ist oft sehr poetisch gehalten, um im Leser eine bestimmte Stimmung oder ein Gefühl auszulösen.

Immer wieder scheint Tolkien den genauen Beschreibungen aus dem Weg gehen zu wollen, und dies tut er vor allem bei den Elben. „Die Elben für den Film zu kreieren, gestaltete sich äußerst schwierig“, erzählte Jackson. „Tolkien beschreibt sie in einer lyrischen Art und Weise und benutzt dabei viele Metaphern. Für eine Verfilmung ist das leider nicht wirklich hilfreich. So erklärt Sam zum Beispiel,

beschwört Sauron herauf. Im Hauptteil der Geschichte ist Sauron ein brennendes Auge. Und glauben Sie mir, ein brennendes Auge für drei Filme als Bösewicht zu präsentieren, ist eine schwierige Angelegenheit.“

Sogar die Ringgeister, die die Hobbits zu Anfang der Geschichte terrorisieren, verursachten Probleme. „Denken Sie darüber nach“, forderte Fran die Journalisten einmal in einem Interview auf. „Laut Tolkien können die Nazgûl nichts sehen, haben Angst vor Feuer, werden von Wasser weggespült ... Wie schwierig muss es demnach also sein, sie auf der großen Leinwand dann trotzdem noch Furcht einflößend darzustellen?“ Und dann verschwinden sie auch schon nach der ersten Hälfte des Filmes. „Kein Filmautor würde sich jemals seiner Bösewichte gleich nach dem ersten Akt entledigen“, meinte Jackson.

Schließlich wird die Gemeinschaft von den Uruk-hai verfolgt und angegriffen. Im Buch handelt es sich hierbei hauptsächlich um namenlose, gesichtslose Horden, aber um das fehlende Element der Bösewichter aufzufüllen, gaben Jackson, Walsh und Boyens diesen Orks Gesichter. „Tolkien erschuf die Orks, aber wir mussten Charaktere kreieren“, erklärte Jackson. „Wir konnten nicht einfach nur anonyme Orks im dritten Akt haben.“

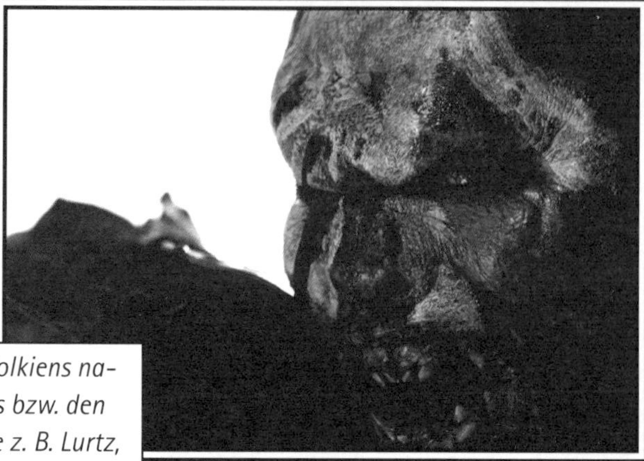

*Jackson gab Tolkiens namenlosen Orks bzw. den Uruk-hais, wie z. B. Lurtz, einen Namen.*

Andere Aspekte des Buches entpuppten sich als problematisch, als man sie zu Szenen verarbeiten wollte: die Aufzählung von verstorbenen Königen, die Widersprüchlichkeiten über den Ring selbst, logistische Fragen über das Auge – wie durchdringt es die Wolken, das Fleisch –, wie findet es Frodo über viele Meilen hinweg?

„Es gab Zeiten, in denen wir schlichtweg verzweifelten“, erinnerte sich Fran Walsh. „Wir sahen uns einfach nicht in der Lage, ein bestimmtes Problem zu lösen, wenn die Szene über ihre Möglichkeit der Anpassung hinausschoss. Aber im Endeffekt konnte Peter es doch noch irgendwie hinbiegen. Denn wissen Sie, eigentlich ist Peter nicht wirklich ein Mensch. Er besteht zum Teil aus Titanium“, scherzte sie lachend.

Aber auch die offensichtlichen Handlungsänderungen und Kürzungen der Geschichte fielen den drei Autoren nicht ganz leicht. „Mein Sohn sprach eine Woche lang nicht mehr mit mir, als er herausfand, dass wir Tom Bombadil nicht mit ins Drehbuch aufgenommen hatten“, berichtete Boyens. „Aber was für ein wunderbarer Charakter er auch sein mag, so stellt Bombadil in dem Buch doch eine Art Exkurs dar, der für den eigentlichen Handlungsablauf nicht wirklich wichtig ist.“

„Es war schwer mit der Reise der Gemeinschaft nach Lothlórien umzugehen“, erklärte Jackson, „denn es ist hauptsächlich ‚tote Luft‘, die nach einem der Höhepunkte des ersten Teiles kommt. Und kein Filmautor würde seine Helden am Ende des zweiten Aktes an so einen zeitlosen,

*Die Schlüsselszene zwischen Frodo und Galadriel wurde beinahe aus dem Film herausgeschnitten.*

stillen Ort schicken. Aber es gab keine Möglichkeit dies auszulassen, also machten wir daraus das beste, was wir konnten."

„Eine der Schlüsselszenen zwischen der Elbenkönigin Galadriel und Frodo ereignet sich in Lorien", erzählte Walsh, „obwohl auch diese verändert wurde. Und dann wurde diese Szene, in der sich Galadriel weigert, den Ring zu nehmen, im Schneideraum herausgeschnitten. Schon allein beim Gedanken daran kamen mir beinahe die Tränen. Doch zum Glück fügte man diesen Szene einen Monat später wieder hinzu."

Andere Ereignisse und Charaktere wurden aus den umfangreichen Anhängen ausgegraben und hinzugefügt, um gewisse Beziehungen besser erklären oder dramatische Momente besser aufbauen zu können. So schmückte man die Liebesgeschichte zwischen Aragorn und Arwen erheblich aus, achtete aber immer genau darauf, dass das Ganze auf Tolkiens Vorlage in den Anhängen basiert. „Arwen besticht als der eine Charakter, der den absoluten Glauben besitzt", erklärte Boyens. „Sie erkennt, dass Licht hinter der Dunkelheit ist und wegen dieser Grundeinstellung ist sie auch in der Lage, diese schwerwiegende Entscheidung zu treffen – nämlich ihre Unsterblichkeit für Aragorn aufzugeben. Einige der dramatischsten Momente der Geschichte befinden sich im Anhang, wie z. B. Aragorns Sterbeszene, als Arwen sich letztendlich der ganzen Tragweite ihrer Entscheidung gewahr wird."

Außerdem ist Arwen eine von nur wenigen weiblichen Charakteren in dem Roman, sodass die Vergrößerung ihrer Rolle einen Kontrast zu den vielen männlichen Protagonisten bietet. Trotzdem beteuerte Boyens: „Tolkien schrieb gut und gerecht über Frauen, und auch wenn nicht viele Frauen in diesem Werk vorkommen, so sind die, die darin enthalten sind, doch von großer Wichtigkeit."

Der Drehbuchprozess war während der gesamten Produktion nie ganz vollendet. Jeden Drehtag und selbst nach den Dreharbeiten in der Nachproduktion wurden noch Szenen und Dialoge geändert.

„Während der Dreharbeiten lief es oft folgendermaßen ab: Wir überarbeiteten alles in der Nacht davor und teilten morgens die neuen Seiten aus", erzählte Fran Walsh. Der Schreibprozess sei vergleichbar mit dem Verlegen von Gleisen, während der Zug schon über sie hinwegfährt.

Das Drehbuch blieb immer in Bewegung. Berge von Taschenbuchausgaben des Romans wurden durchgelesen, markiert, zerrissen, zerfetzt und irgendwo in Neuseeland liegen gelassen. Auch Boyens tragbarer Drucker, mit dem immer die aktuellen Entwürfe ausgedruckt wurden, gab nach einiger Zeit den Geist auf. Aber als man ihr vorschlug, einfach einen neuen Drucker zu kaufen, bestand sie darauf, dass ihr alter repariert würde. „Ich war so an meinen kleinen Drucker gewöhnt. Er hatte so viel durchgemacht. Und ich hatte schreckliche Angst, ein neuer würde dem ganzen Projekt Unglück bringen."

Nun lief der erste Film im Kino und den Zuschauern fiel auf, dass keine Szene Wort für Wort aus dem Roman übernommen wurde, aber jeder wichtigen Szene wurde im cineastischen Sinne Tribut gezollt. „Und wenn auch einiges an der Handlung und den Dialogen für den Film verändert wurde", beteuerte Boyens, „die Themen des Buches sind intakt und nach der Originalvorlage umgesetzt worden. Der Film verkündet Tolkiens Botschaft, und die tönt nun lauter als je zuvor."

Allerdings mussten die drei Autoren auch einen hohen Preis für ihre einzigartige Arbeit bezahlen. Alle drei haben das Buch geliebt, und Philippa Boyens hat es mindestens einmal im Jahr gelesen, aber das hat sich nun verändert. „Ich las es, wenn ich down war, es regnete oder wenn ich krank war, und ganz egal wie oft ich es auch las, es war immer noch großartig", erinnerte sie sich. „Aber jetzt, nach so vielen Jahren und so oft wie ich ihn durchgelesen und korrigiert habe, spricht mich der Roman nicht mehr auf die gleiche Weise an. Für mich ist er nun für immer verloren."

## 8.2 Kamera

Andrew Lesnie, Jahrgang 1956, ist Kameramann aus Berufung! In den 70ern begann der gebürtige Australier an

*Andrew Lesnie wurde für seine hervorragende Arbeit mit einem Oscar belohnt.*

der „Australien Film, Television and Radio School" Kamera zu studieren und erwies sich bald als ein sehr begabter Schüler. Seit nun bereits über zwei Jahrzehnten verleiht er den Bildern in den Köpfen der Regisseure Leben. Seine Karriere begann ziemlich unauffällig mit Filmen wie „Patrick's Höllentrip" (1978) oder „Frost – Der Frauenmörder" (1982).

Doch im Laufe der Jahre stellte Lesnie seine Fähigkeiten mehr und mehr unter Beweis. Und Mitte der 80er wurde die Filmindustrie langsam aufmerksam auf ihn. Dennoch waren die meisten seiner Filme fast nur dem australischen Publikum ein Begriff. Erst 1995 mit „Ein Schweinchen namens Babe" kam auch die restliche Welt in den Genuss seiner einmaligen und zumeist warmen Bilder.

Als Andrew Lesnie das Angebot bekam, bei der größten Produktion aller Zeiten, der Verfilmung des „Herrn der Ringe", mitzuwirken, hatte er bereits haufenweise Preise eingeheimst, darunter zweimal den Australia's Cinematographer of the Year (1995 und 1996), den ACS Golden Tripod Award der amerikanischen Gesellschaft der Kameraleute und 1997 den Australian Film Institute's Award.

*Als besonders große Herausforderung für die Kameraleute stellten sich die neuseeländischen Lichtbedingungen heraus.*

Das verlockende Angebot aus Neuseeland löste einen Konflikt in dem Australier aus: Einerseits wollte er sich diese einmalige Chance natürlich nicht entgehen lassen, und selbstverständlich war er sich der Bedeutung dieses Angebots bewusst, aber andererseits musste er sich damit auch verpflichten, sich über 15 Monate ausschließlich einem Projekt zu widmen, bei dem viele Kamera-Crews parallel arbeiten sollten – ob auf schneebedeckten Bergen, unter Wasser oder in der Luft. Außerdem hatte Lesnie den Roman bereits als Jugendlicher verschlungen und war eigentlich der Meinung, dass das Tolkien'sche Werk unverfilmbar sei. Und nun sollte er verfilmen, was er selbst für unverfilmbar hielt. Lesnie nahm sich einige Tage Bedenkzeit, bevor er zusagte.

Als die gewaltige Produktion dann schließlich in die Vorbereitungsphase ging, wurde Lesnies anfängliches Lampenfieber durch die umfangreiche Vorarbeit schnell gelindert. „Peter [Jackson] arbeitete schon seit einigen Jahren an diesem Projekt und besaß sehr genaue Vorstellungen vom Look von Mittelerde", erzählte Lesnie im Interview mit einer amerikanischen Zeitschrift. „Wir waren uns einig, dass der Film so wie eine prähistorische Welt aussehen sollte, sehr realistisch. Tolkien entführt uns in eine Zeit vor 7000 Jahren, als die Welt noch von Hobbits, Elben, Zwergen, Zauberern, Trollen, Orks, Ents, Ringgeistern und Uruk-hai bewohnt wurde. ‚Der Herr der Ringe' spielt in einer wichtigen Zeit in der mythologischen Geschichte, dem Erwachen des Menschengeschlechts."

Andrew Lesnie tauchte geradezu in das Projekt ein, indem er die Bücher noch einmal las und sich Hunderte von Skizzen und Bildern der Tolkien-Künstler Ted Nasmith, Alan Lee und John Howe in seiner Wohnung aufhängte. „Als ich an Bord kam, stellte ich fest, dass speziell die Kostümabteilung [unter Ngila Dickson], das Art-Department und Richards Taylors WETA Workshop den Details der Geschichte eine erstaunliche Aufmerksamkeit widmeten. [...] Vor allem das Art Department war eine nicht versiegen wollende Quelle an Inspirationen für mich."

Es lag eine gewaltige Herausforderung vor Andrew Lesnie: über 300 Drehtage, 600 Szenen an über 350 Sets und mehr als 1,3 Millionen Meter belichtetes Filmmaterial.

Seinen Anteil an diesem Projekt sieht er aber eher bescheiden: „Ich vertrete die Meinung, dass die beiden tragenden Säulen eines guten Filmes zum einen die schauspielerische Leistung der Darsteller und zum anderen das Drehbuch sind. Ich gestalte nur das Bild, um den Zusammenhang oder innere Monologe der Charaktere zu reflektieren. Wie auch immer, ‚Der Herr der Ringe' umfasst eine solch beeindruckende Anzahl von verschiedenen Ebenen und geht in so viele verschiedene Richtungen, dass es besser ist, den Prozess eher unterbewusst arbeiten zu lassen. Auf diese Art beginnt die Arbeit aus ganz verschiedenen Situationen zu entspringen, wie man es niemals erwartet hätte."

Um die passenden stilistischen Elemente für den Film zu finden, sahen sich Andrew Lesnie und Regisseur Peter Jackson zusammen viele andere Filme, wie beispielsweise Ridley Scotts „Legende", an. Aber nie vergaßen sie dabei, dass der Roman die eigentliche Inspirationsquelle sein sollte. Lesnie erklärte: „J. R. R. Tolkien ist sehr sprachgewandt, wenn es um die Schilderungen von Gefühlen und Stimmungen geht." Und diese exakten Beschreibungen halfen Lesnie sehr, die Bilder zu inszenieren.

Obwohl Lesnie sehr genaue Vorstellungen davon besaß, welchen Look der Film letztendlich haben sollte, war er auch immer der Meinung, dass die anderen Kameramänner und auch die Beleuchter unter der Leitung von Brian Bansgrove ebenfalls ihren Beitrag zu dem Projekt beisteuern sollten. An manchen Tagen waren bis zu neun Kamera-Crews gleichzeitig im Einsatz, daher war die Kommunikation untereinander besonders wichtig. Zu diesem Zweck gründete Andrew Lesnie den „Notebook Club", in den sich jeder Kameramann und die Beleuchter täglich einloggen konnten, um sich mit den anderen austauschen zu können. „Jeden Morgen begann meine Arbeit mit einem Handy in der einen und dem Lichtmesser in der anderen Hand", so Lesnie.

Zu den wichtigsten Kameramännern unter der Leitung von Andrew Lesnie zählten bei dieser Produktion Allen Guilford („Der Überflieger"), John Cavill („Xena"), Richard Bluck („Braindead"), Alun Bollinger („Heavenly Creatures", „The Frighteners") und die Newcomer Simon Raby und Nigel Bluck. Und auch wenn Andrew Lesnie alle Fäden in der Hand hielt und allen drei Teilen seinen unverwechselbaren Stempel aufdrückte, so ist das visuelle Gesamtwerk doch ein Gemeinschaftsprodukt aller Kameramänner.

„Die Hingabe und Ausdauer dieser Kameramänner wurde nur noch von ihren Crews übertroffen", lobte Lesnie. „Wir hatten drei Vollzeit-Crews: die Haupt-Crew, die Unterstützungscrew und die Second-Unit, die für die großen, aufwändigen Action-Sequenzen zuständig war.

Die aus vier Einheiten bestehende Miniatur-Abteilung wurde von Alex Funke geleitet und drehte insgesamt an 68 Miniatur-Sets. Die Crew für die Luftaufnahmen wurde von Phil Pastuhov geleitet [...], und an der Spitze der Crew für Visuelle Effekte stand Kameramann Brian Van't Hul. Manchmal gab es zusätzlich noch eine Szenische Unit und eine Guerilla-Crew für ganz spezielle Zwecke. Die täglichen Besprechungen dauerten teilweise bis zu fünf Stunden."

Andrew Lesnie beschrieb Jacksons Kamera-Stil als sehr energievoll und zugleich fließend. Der Regisseur treibe die Entwicklung im Film ständig voran. „Für Peter ist die Kamera ein Charakter, ein aktiver Teil der Handlung. Manche Regisseure mögen es, sich zurückzulehnen und alles objektiv zu betrachten, aber Peter ist wie ein Kind am Rande einer Straßenparade, den es juckt, bei der Show dabei zu sein. Peters Neigung, immer möglichst nah an den Schauspielern zu sein, führte dazu, dass wir manchmal nur wenige Zentimeter von den Gesichtern entfernt waren. Das war sogar für Colin Deane, der für die Schärfe eines Bildes verantwortlich war, eine Herausforderung", erzählte Lesnie im Interview. „Wir benutzten in jeder nur möglichen Variante möglichst viele verschiedene Kameras gleichzeitig." Manchmal nahmen wir die Totale und die Nahaufnahme gleichzeitig auf, wir machten beispielsweise Aufnahmen der Reaktionen der anderen Darsteller. Es war wichtig, dass wir ein System hatten, um immer sehr spontan auf Peters Ideen eingehen zu können, und das sorgte während des Filmemachens für etliche Adrenalinstöße."

Andrew Lesnie wurde bei seiner Kameraarbeit von der Münchner Firma Arri unterstützt, die 21 verschiedene Kameras für die Produktion zur Verfügung stellte. Die neuseeländische Firma Camera Tech Ltd. war für die Wartung der Ausrüstung zuständig, doch vor Ort wurde das Equipment vom deutschen Arri-Techniker Manfred Jahn eingerichtet.

Als besonders große Herausforderung für Andrew Lesnie stellten sich die neuseeländischen Lichtbedingungen heraus: „Man hat sehr viele Kontraste und ein hartes Licht, weil es kaum Luftverschmutzung gibt. Außerdem ist der Anteil an UV-Licht sehr hoch. Nichtsdestotrotz wollten wir einen sehr europäischen, weichen Look." Da Lesnie keine Filter benutzen wollte, wurden alle Farben und Kontraste in jeder einzelnen Aufnahme später am Computer per Hand nachbearbeitet.

Durch die Entwicklung der Geschichte erleben die Charaktere je nach Dramaturgie und Handlung eine warme, heimelige Umgebung wie im Auenland oder eine bedrohliche, kalte Umgebung wie auf der Wetterspitze. Lesnie verpasste dem Auenland einen verklärten, romantischen Anstrich. Es sollte eine Art Hommage an das einfache Leben sein. „Ich benutzte eine Farbpalette mit Gold- und Grüntönen und wir versuchten, so oft es möglich war, im Sonnenschein zu drehen." Bei spannenden und bedrohlichen Szenen, wie in Bree oder an der Wetterspitze, verwendete Lesnie kalte, bläuliche Farben und harte Kontraste.

Lesnie und Co verstanden sich dabei so hervorragend auf ihr Handwerk, dass die Academy in Hollywood Andrew Lesnie und seine Crew im März 2002 mit dem Oscar belohnte.

## 8.3 Kostüme

Ein besonderer Reiz Mittelerdes, besonders in Hinsicht auf die Verfilmung, liegt in den vielfältigen, sorgsam ausgearbeiteten Kulturen. Jede hat ihren eigenen Charakter,

*Die Hobbitkostüme mussten vielfach genäht werden, einige von Frodos Kleidern sogar in fünffacher Ausführung, da seine Größen- und Stunt-Doubles alle identische Kleider brauchten.*

ihre Besonderheiten, ihre eigene Geschichte. Und dies drückt sich nicht zuletzt in ihrer Kleidung aus. Aber welche Art von Stoffen weben die Elben, die in ihrer Geschichte immer beflissen waren, Schönheit zu schaffen und zu wahren? Welche Farben ziehen die Hobbits vor? Gerade in einem visuellen Medium wie dem Film sind solche Details von großer Wichtigkeit.

Kostümdesignerin Ngila Dickson entwarf schon für so erfolgreiche Serien wie „Hercules" und „Xena" die Kostüme. Auch mit Peter Jackon arbeitete sie bereits bei „Heavenly Creatures" zusammen. Doch „Der Herr der Ringe" stellte all ihre bisherigen Arbeiten in den Schatten und brachte ihr Anfang des Jahres 2002 sogar eine Oscar-Nominierung ein.

„Hätte ich gewusst, auf was ich mich einlasse", so Dickson, „hätte ich wohl das Weite gesucht." Doch im Nachhinein ist sie stolz, an diesem außergewöhnlichen Projekt mitgewirkt zu haben. Und dafür hat sie auch jeden Grund. Der Aufwand für diesen Film ist für einen Laien kaum nachvollziehbar. Es galt für jedes der neun verschiedenen Völker bis zu 150 Kostüme zu entwerfen. Mehr als 20 Hauptcharaktere, Dutzende von Nebenrollen und ein Heer von Statisten mussten eingekleidet werden. Viele Kostüme benötigte man in mehrfacher Ausführung, und für die Stunt-Doubles mussten sie zum Teil so abgeändert werden, dass diese ihrem gefährlichen Job ungehindert nachgehen konnten. Für die Kleinsten unter den Charakteren wurde der größte Aufwand betrieben, zumindest was die Quantität betrifft. Die Hobbitkostüme mussten vielfach genäht werden, einige von Frodos Kleidern sogar in fünffacher Ausführung, da seine Größen- und Stunt-Doubles alle identische Kleider brauchten. Zudem sind die Kleider der Gefährten während ihrer Reise wachsenden Strapazen ausgesetzt - besonders die der Hobbits Frodo und Sam auf ihrer zermürbenden und einsamen Wanderschaft durch Mordor. Mehrere Versionen wurden benötigt, die immer mehr Spuren der Abnutzung aufweisen sollten.

Peter Jackson verlangte, dass die Kostüme so realistisch wie möglich aussehen sollten. Mittelerde präsentiert sich als eine alternative Welt, in der jeder Gegenstand aus der Geschichte gewachsen ist. Wo immer es möglich war, wurden Materialien verwendet, die die verschiedenen Völker selber hätten herstellen können. Jackson hatte nicht vor, den Fehler so vieler Fantasy-Filme und -Serien zu wiederholen, die Fantasy mit kindlichen Traumwelten verwechselten, in denen alles möglich ist. Die Kostüme sollten einen mittelalterlichen Look haben, ohne aber direkt an eine bestimmte historische Epoche angelehnt zu sein.

*Kostümdesignerin Ngila Dickson wählte für Galadriel zarte, durchscheinende, weiße Stoffe, die über und über mit leuchtenden Perlen bestickt sind.*

Die Kleider der Hobbits ähneln zwar der englischen Mode des 18. Jahrhunderts, besitzen aber dennoch einen ganz eigenen Hobbitcharakter. Um ihre kleine Statur hervorzuheben, sind die Hosenbeine und Ärmel immer ein wenig zu kurz, die Knöpfe zu groß, Gürtellinie und Taschen etwas zu hoch angesetzt. Jackson legte Wert darauf, dass die Kleider der Hobbits aussahen, als wären sie schon jahrelang bequem eingetragen und immer wieder geflickt worden. Dickson verwendete dafür feine, aber zum Teil grob gewebte Stoffe in kräftigen Naturfarben, die an die idyllische aber bodenständige Umgebung des Auenlands erinnern. Jeder der Hobbits hat einen eigenen Stil, der sich subtil von dem der anderen unterscheidet. So wirkt der einfache Gärtner Sam solide und erdgebunden, während Frodo in seinem feinen, dunkelroten Wams der „junge Prinz" unter den Hobbits ist, wie Dickson es ausdrückte.

Was die Menge des Materials angeht, führen wohl die flatternden, zerfetzten Roben der Ringgeister. Carolyn Fenton, Wardrobe Supervisor, erzählte, dass jedes der schwarzen Kostüme ungefähr 48 Meter (!) an Stoff verbraucht hat.

Eine echte Herausforderung waren die Kostüme der Elben. Dickson und ihr Team stellten sich die Elben als wunderschöne, androgyne Wesen vor. Diese Traumvorstellung, in die Realität umzusetzen, war eine ganz andere Sache, denn wie stellt man ein Volk dar, das in jeder Beziehung „überirdisch" ist? Der Reiz der Elben liegt ja gerade in ihrer Unerreichbarkeit.

Die ersten Entwürfe enthielten viel Glitter und sahen zu

sehr nach Disney aus. Peter Jackson schlug vor, es mit einem mittelalterlichen Stil zu versuchen. Die Stoffe, die Dickson für die Elben verwendete, sind der Traum eines jeden Schneiders: indischer Seidenbrokat, Seidensamt, edle Spitze und perlenbestickte Kostbarkeiten. Um den Kostümen einen antiken Anstrich zu verpassen, wurden die Stoffe gewaschen, gebleicht und mit Sandpapier bearbeitet. Blumen- und Blattmuster wurden nach einer Jugendstiltechnik mit Säure auf den Seidensamt geätzt.

Das Design der Elbenkostüme baut auf der Form von Blättern auf, und wie Blüten sehen auch manche der prächtigen Roben aus – ein komplex wirkendes Ganzes, in dem sich einige einfache Elemente wiederholen. Selbst in den Rüstungen der Elbenkrieger, die in der Anfangssequenz zu sehen sind, herrscht dieses Design vor.

Dickson hat im Design den Bewohnern Bruchtals, Loriens und des Düsterwaldes und auch den verschiedenen Charakteren einen eigenen Stil verliehen. So tragen die dunkelhaarigen Elben in Elronds Haus kräftigere Farben wie Gold, Scharlachrot und Grün, während sich die Waldelben in gedämpften Braun-, Grau-, und Grüntönen kleiden, die sie mit den Farben des Waldes verschmelzen lassen.

*Elronds Stirnreif ergänzte sein Kostüm perfekt.*

Da es im „Herrn der Ringe“ nur drei weibliche Hauptcharaktere gibt, zog Dickson für die Frauen von Mittelerde alle Register. Für die actionreichen Szenen mit Arwen musste Dickson einen Kompromiss zwischen femininer Eleganz und realer Anwendbarkeit finden. Arwens edler grauer Reitmantel machte es Liv Tyler etwas schwer, sich frei zu bewegen, aber in einem Film zählt am Ende die Optik, und die praktischere Variante, die Dickson geplant hatte, war Peter Jackson nicht feminin genug. Angesichts der anfänglich sehr gemischten Reaktion der Fans auf Arwens veränderte Rolle war es wohl auch wichtig, sie nicht allzu amazonenhaft erscheinen zu lassen. Die Kleider der Elbe spiegeln auch ihre zweigeteilte Rolle wieder. Je nachdem ob ihre menschliche oder elbische Seite betont werden soll, trägt sie mehr oder weniger ätherische Kostüme.

Die überirdische Natur der Elben wird von niemandem so stark repräsentiert wie von Galadriel. Für Dickson war die Elbenfürstin ein Wesen des Lichts – uralt, alterslos und strahlend schön. Sie versuchte, dieses Bild durch zarte, durchscheinende weiße Stoffe zu verwirklichen, die über und über mit leuchtenden Perlen bestickt sind.

Dickson plante die einzelnen Designs nicht detailliert im Voraus. Die endgültige Form eines Kostüms entsteht erst, wenn die Schauspieler vor Ort sind. Zunächst wird eine so genannte „Musselin-Ausgabe“ des Kostüms angepasst, und nach Rücksprache mit dem Regisseur werden dann die richtigen Stoffe verwendet. Die Schauspieler müssen einige Male zur Anprobe kommen. „Wir wollen, dass die Schauspieler mithelfen, das Kostüm für sie zu perfektionieren“, sagte Dickson. Für viele Schauspieler ist das Kostüm ein wichtiger Schlüssel zu ihrem Charakter. Hugo Weaving bewegte sich völlig anders und schlüpfte viel leichter in seinen Charakter, sobald er seine Robe anlegte. Viggo Mortensen ging sogar so weit, sein abgeschabtes Waldläuferkostüm auch ausserhalb der Drehzeiten zu tragen, es selber zu waschen und zu flicken. Auf diese Weise entstand eine einzigartige Authentizität, die man selten direkt wahrnimmt, aber dem großen Ganzen ein Gefühl von Glaubwürdigkeit verleiht.

Durch den Stil ihrer Kleidung lassen sich die Kontraste zwischen den Völkern Mittelerdes betonen. Für Dickson stellen Legolas und Gimli, die in der Geschichte den Konflikt zwischen Zwergen und Elben verdeutlichen, zwei entgegengesetzte Kräfte dar. Gimlis Kostüm betont in Form und Farbe seine Nähe zur Erde. Er ist breit, schwer und kantig, während Legolas leichtfüßig und schlank wie ein Baum ist, der zum Himmel strebt. Doch die Kostüme der Zwerge sind keineswegs schlicht, sie sind reichhaltig mit keltisch anmutenden Ornamenten verziert.

Die Kostüme der Menschen sind so unterschiedlich wie z. B. die Charaktere Aragorn und Boromir. Und doch betonen sie alle die Menschlichkeit und auch die Sterblichkeit, sie stehen zwischen dem Licht der Elben und den dunklen Tiefen der Zwergenreiche. Sie haben wenig von der überirdischen Leichtigkeit und dem Strahlen der Elben, sondern sind in all ihrer Pracht und Eleganz oder praktischen Schlichtheit greifbar und solide.

Doch was ist mit den Istari, den Zauberern, deren äußere Form allein schon ein Gewand ist? Schließlich spielt gerade bei ihnen die Farbsymbolik eine große Rolle. Keiner der Charaktere ist wohl so deutlich vorgegeben wie Gandalf. John Howes berühmtes Bild des Zauberers, das eine der britischen Ausgaben des Buches zierte, ist für viele Tolkien-Fans das einzig Wahre. Der riesige, spitze Hut bereitete den Kostümdesignern einiges Kopfzerbrechen. Sie mussten eine Form finden, die nicht zu überdimensional wirkt und unter der Gandalf-Darsteller Ian McKellen nicht völlig verschwindet. Mit der Zeit freundete sich McKellen mit seinem Hut an, obwohl es eher, so vermutete Dickson, eine Art Hassliebe gewesen ist. Für Ian McKellen, der offensichtlich das Buch sehr gut kannte, war das Kostüm des Zauberers aber erst komplett, als er den silbergrauen Schal bekam, den man anscheinend vorher übersehen oder bewusst weggelassen hatte. Wie sehr ein Kostüm den Wandel eines Charakters verändern kann, wird man wohl in „Die Zwei Türme“ sehen, wenn Gandalf als der Weiße wiederkehrt – in einer goldbestickten Robe aus schwerer elfenbeinfarbener Baumwolle.

Aber vor allem die wunderbaren Elbenkostüme wären nicht vollständig ohne die kostbaren Broschen, Schnallen und Schmuckstücke, die Jasmine Watson für den Film geschaffen hat. Ob als Detail eines Kostüms, wie Celeborns Gürtelschnalle und Brustschmuck, oder als eigenständige Stücke, wie Elronds Stirnreif und Galadriels Krone –, sie ergänzen sie die Kostüme perfekt. Watson verwendete vor allem stilistische Elemente des Jugendstils, dessen organische, durch Pflanzen inspirierte Formen die Naturnähe der Elben betont und die sich in den Blätterformen der Kleider fortsetzen. Bisweilen erinnern sie sogar entfernt an keltisches Knotenwerk. Einige der Schmuckstücke sind fester Bestandteil der Geschichte, wie Arwens Abendstern-Anhänger, Nenya, einer der Ringe der Macht, den Galadriel hütet, oder die elbischen Mantelbroschen in Form eines Mallornblattes, die die Gefährten bei ihrem Abschied von Lorien geschenkt bekommen.

Zu guter Letzt sollte man einen essenziellen Teil eines Kostüms nicht auslassen, nämlich das Schuhwerk. Die Hobbits mögen das Glück haben, keine zu brauchen, und Galadriel mag durch Lorien auf baren Füßen schreiten, aber die meisten haben keine so harte Sohlen oder einen so weichen Waldboden. Jeder, der sich schon einmal ein Fantasy- oder Mittelalter-Kostüm genäht oder zusammengestellt hat, weiß, dass es für die mit einem dünneren Geldbeutel oft die Schuhe sind, an denen der Gesamteindruck scheitert.

Jim McIntosh besitzt eine kleine Schuhmanufaktur und ist auf Sonderanfertigungen spezialisiert. Er fertigte die Schuhe für alle Hauptcharaktere an und verwendete dabei nicht nur Leder, sondern auch edlen Brokat für Elbenschuhe. Während für Filme oft vorhandene Schuhmodelle abgeändert werden, sollten für Mittelerde ganz eigene Designs entstehen.

Auch wenn es im Film nicht immer sichtbar ist, so führen die Schuhe das Design der Kostüme nahtlos fort. Gimlis beschlagene und verzierte Stiefel wirken massig und schwer, als würden sie in die Erde sinken, während Legolas Schuhwerk, auch hier wieder im vertrauten elbischen Blatt-Design, wie eine zweite Haut sitzen und geschmeidig und beweglich wirken. In einer Ausstellung im Casa Loma, die im letzten Jahr in Toronto stattfand, konnte man neben Kostümen, Waffen und vielen anderen Requisiten auch elegante elbische Seidenbrokatschuhe bewundern. Jim McIntosh erkannte seine Chance, als er von dem Filmprojekt hörte und schrieb Peter Jacksons Produktionsfirma an. Als diese sich nicht meldete, fragte er nach und bekam schließlich den Job, nachdem er die Kostümcrew überzeugt hatte, dass seine Leute die Arbeit bewältigen konnten.

Ob Rüstungen, Kleider, Schuhe oder Schmuck, die Ausstattung des Filmes besticht durch geschmackvolles und realistisches Design, und man ist überzeugt davon, dass sich die Wesen Mittelerdes genauso gekleidet und geziert haben müssen.

Man darf nun gespannt sein, was Ngila Dickson und ihre Kollegen im nächsten Teil der Trilogie an seidenen und metallenen Wunderwerken geschaffen haben. Die ersten Bilder von Rohan und den Mannen Gondors sind schließlich nur ein Vorgeschmack auf das Kommende.

Und ohne Zweifel wird Dickson im nächsten Jahr den Kostüm-Oscar mit nach Hause tragen, die Fans drücken ihr dafür auf jeden Fall die Daumen.

## 8.4 Spezial-Effekte

Über 900 handgefertigte Rüstungen, mehr als 2000 Waffen, 20.000 Haushaltsgegenstände und über 1600 Paar Hobbitfüße ...

Niemand hatte wohl so viel Arbeit bei diesem filmischen Meisterwerk zu leisten wie die kleine neuseeländische Spezial-Effektschmiede WETA, die diese gesamte Produktion überhaupt erst möglich machte. Denn zusammen mit WETA entwickelte Peter Jackson 1997 erste Probeaufnahmen, mit denen er nach Hollywood pilgerte, um Rechteinhaber und Finanziers von seiner Vision zu überzeugen. Erst dieses Video-Band der WETA-Crew hat die Erschaffung der drei Filme ermöglicht, und letztendlich kam alles auf sie zurück, denn in der fertigen Filmtrilogie wird es keine einzige Sekunde geben, in der nicht irgendwelche Details aus den Händen der Effekt-Techniker stammen.

*Niemand hatte wohl so viel Arbeit bei der Verfilmung von „Der Herr der Ringe" zu leisten wie die kleine neuseeländische Spezial-Effekteschmiede WETA.*

Aber vor allem eine Person muss an aller erster Stelle genannt werden: Richard Taylor. Taylor und Peter Jackson sind schon seit 1989, seit sie zusammen „Meet the Feebles" inszenierten, miteinander befreundet, und Taylor gehört zu dem engen Kreis der Personen, die von Anfang an bei der Planung dieser Produktion mit dabei waren. Lange bevor man sich nach Schauspielern umsah oder um die Filmrechte verhandelte, saß Richard Taylor schon bei Peter Jackson im Wohnzimmer und entwickelte mit ihm diese verrückte Idee, den „Herrn der Ringe" zu verfilmen.

*Richard Taylor gehört zu dem engen Kreis der Personen, die von Anfang an bei der Planung von „Der Herr der Ringe" mit dabei waren.*

WETA unterteilt sich in zwei Departements: Auf der einen Seite gibt es „WETA Workshop", zuständig für Masken, Blut, Modelle, Requisiten und vor allem die Effekte vor Ort, und auf der anderen Seite existiert „WETA Digital", die für die Computer-Effekte und die Nachbearbeitung zuständig sind. Beide Abteilungen agieren Hand in Hand.

Die Effekte sollten zwar Bekanntes in den Schatten stellen, aber trotzdem niemals die Hauptrolle der Filmtrilogie spielen. Vielmehr dienten sie als ein Mittel zum Zweck. Peter Jackson betonte immer wieder, dass es ihm um die Geschichte der Charaktere geht, die auf keinen Fall von den

*Die große Schlacht gegen Sauron im Prolog von „Die Gefährten" entstand am Computer.*

Effekten verdrängt werden dürfen, wie es so oft bei schlechten Fantasy-Filmen der Fall war.

Und das Konzept ging auf! Die Effekte sind so gut, dass sie im Zusammenhang des Films nicht hervorstechen, sondern einfach eine atemberaubend realistische Grundlage bieten. Besonders preisverdächtig waren vor allem jene Effekte, die man nicht auf den ersten Blick als solche wahrnahm. Nicht der Balrog oder der Höhlentroll sind es, die diese Arbeit der Effektcrew so einzigartig machen, sondern Effekte wie malerische Landschaften, Bäume im Hintergrund, durch die sich die Sonnenstrahlen ihren Weg bahnen und vor allem die Größe der Hobbits.

Der Effekt der Größenverhältnisse zwischen den verschiedenen Völkern wurde von beiden Abteilungen bei WETA bewältigt. Um die Hobbit-Darsteller auf der Leinwand nur knapp einen Meter groß erscheinen zu lassen, wurden die unterschiedlichsten Tricks verwendet. Ein einfacher Trick bestand beispielsweise darin, so genannte Scale-Doubles zu verwenden, also sehr kleine oder so große Doubles, die in bestimmten Szenen die Hobbits, beziehungsweise die anderen Darsteller darstellen.

Das größte Scale-Double war etwa 2,30 m groß und wurde sehr oft eingesetzt, und zwar immer dann, wenn die Hobbits in „Over-Shoulder-Shots" zu sehen waren. Wenn also ein Hobbit zu einem der großen Charaktere, beispielsweise Aragorn, spricht und zu ihm hinaufschaut, sieht man den Rücken von Aragorn. Dabei handelte es sich dann aber nur um das Scale-Double im übergroßen Aragorn-Kostüm!

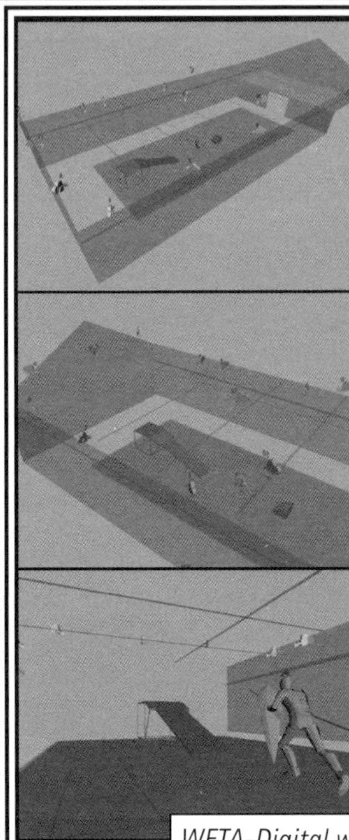

*WETA-Digital war für die Computer-Effekte und die Nachbearbeitung zuständig.*

Die kleinen Scale-Doubles wurden auch für weite Panorama-Aufnahmen eingesetzt oder wenn die Gesichter nicht sichtbar sind – zum Beispiel wenn Ian McKellen als der Zauberer Gandalf seinen alten Freund Bilbo umarmt und man nur Bilbos Haarschopf sieht.

Aber man kann einen Darsteller auch schrumpfen lassen, indem man die Umgebung um ihn herum einfach vergrößert. Diese Variante nennt sich dann „Scale-Sets". Beispielsweise in Bilbos Höhle Beutelsend bot sich diese Lösung des Größenproblems an. Produktions-Designer Grant Major und Art Director Dan Hennah entwarfen zwei völlig identische Kulissen mit zwei unterschiedlichen Maßstäben. Beide Sets wurden aus den echten identischen Materialien gefertigt, mit dem Unterschied, dass ein Set eben 40 % kleiner als das andere war. In dem kleinen Set spielten nun die Schauspieler mit den großen Rollen, wie etwa in diesem Fall Ian McKellen als Gandalf. Dadurch, dass das Set so klein ist, wirkt Gandalf sehr groß und muss sich bücken, um durch die Türen zu passen. Die Hobbits wurden dann an dem anderen, großen Set gefilmt. Crew-Mitglieder berichteten amüsiert, dass man vor allem an den kleinen Sets öfters einen dumpfen Schlag vernahm, auf den dann ein ärgerliches „Autsch!" folgte. Diese verschiedenen Aufnahmen wurden nun von den Computertechnikern ineinander montiert, was sich als besonders schwer erwies, wenn die Protagonisten körperlichen Kontakt haben sollten, wie in der Szene, wo Bilbo dem Zauberer seinen Stab und Mantel abnimmt. Doch alle zusammengeschnittenen und montierten Aufnahmen ergaben die perfekte Illusion.

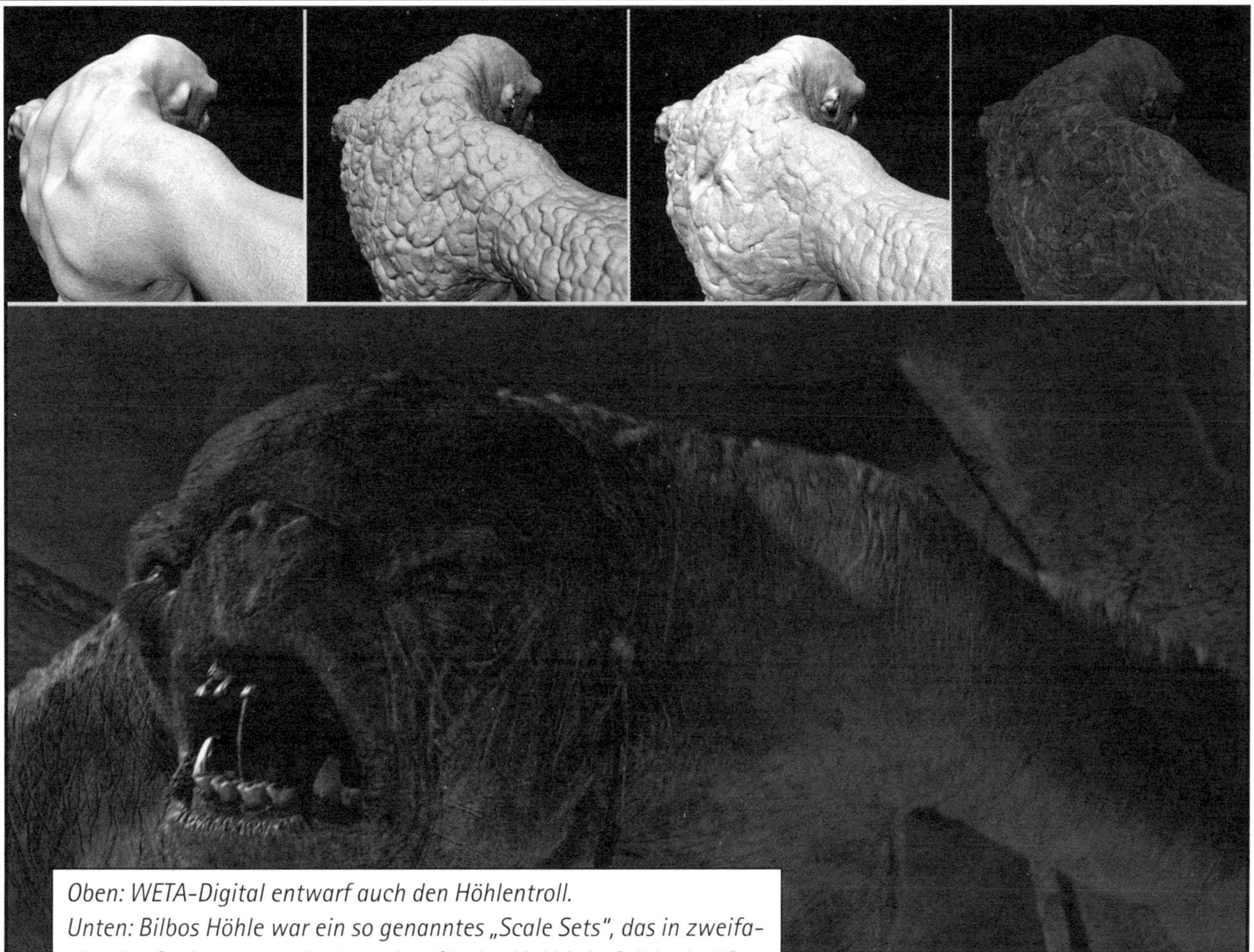

*Oben: WETA-Digital entwarf auch den Höhlentroll.*
*Unten: Bilbos Höhle war ein so genanntes „Scale Sets", das in zweifacher Ausfertigung angelegt wurde – für den Hobbit in Originalgröße und für Gandalf um 40 Prozent kleiner.*

Die schwierigste aller Methoden bestand aus einer Mischung der beiden klassischen Effekte: „Forced-Perspective" und „Motion-Control". Der klassische Aufbau für eine „Forced-Perspective" ist in der Theorie gar nicht so kompliziert. Der Trick besteht eigentlich nur darin, dass man ein Objekt oder eine Person einfach weiter von der Kamera entfernt platziert als eine andere. Und schon erscheint die Person im Hintergrund kleiner. Dies funktioniert aber nur, solange die Kamera sich nicht bewegt, denn sonst würde durch die perspektivische Bewegung der Trick offenbart. Die Effekt-Kameraleute hatten also die Aufgabe, das alte Prinzip der „Forced-Perspective" so zu verändern, dass eine Kamerabewegung möglich ist. Die unterschiedlich großen Personen oder Gegenstände im Hintergrund mussten sich also prinzipiell entgegen der Kamera bewegen. Also begann man zu experimentieren! Man setzte beispielsweise den Schauspieler im Hintergrund auf eine Plattform, die sich in dem Moment zu bewegen begann, in dem auch die Kamera sich bewegte, und zwar in die genau entgegengesetzte Richtung. Da das Ganze natürlich auf den Millimeter genau stimmen musste, übernahm Kollege Computer die Steuerung. Und siehe da: Es funktionierte!

## 8.5 Design

Eine eigene Welt zu entwerfen, stellte Production Designer Grant Major vor zwei gewaltige Aufgaben: Zunächst einmal musste er den gewaltigen logistischen Aufwand bewältigen, den die zahlreichen und aufwändigen Drehorte darstellten. Und zweitens hatte er eine durch und durch glaubwürdige Welt zu erschaffen, die bis ins kleinste

Detail ausgearbeitet war. Dabei arbeitete er eng mit den beiden bekannten Tolkien-Illustratoren John Howe und Alan Lee zusammen. Selten wurde ein Buch verfilmt, in dem der Look der Charaktere, der Kreaturen und der Landschaften so sehr von der Arbeit von Illustratoren geprägt war wie beim „Herrn der Ringe". Major bezog sich stark auf die Arbeiten der beiden Künstler. Diese brachten ihre jahrzehntelange Erfahrung mit dem Werk Tolkiens mit. Lee und Howe besitzen jeder ihren ganz eigenen Stil: Lees Einfluss ist vor allem im ersten Film zu sehen, in Bruchtal und dem Auenland. Die oft düstere Atmosphäre von Howes Bildern passte hervorragend zu den dramatischeren Ereignissen gegen Ende der Geschichte.

*Das Auenland ist eines der wichtigsten Orte der Geschichte.*

Um die Sets zu gestalten, musste Major zunächst für jedes der Völker Mittelerdes einen eigenen Stil entwerfen.

Das Auenland ist eine der wichtigsten Orte der Geschichte, auch wenn der größte Teil der Handlung woanders spielt. Die Heimat der Hobbits symbolisiert zu Anfang eine Art heile Welt, einen Ort, an dem die Außenwelt einen nicht berühren kann. Die neuseeländische Armee half das Stück Farmland, das man als Hobbingen auserkoren hatte, komplett „umzugraben". Danach wurde alles neu bepflanzt, sodass man sich dort ein idyllisches Hobbitdorf mit blühenden Gärten und Gemüsebeeten vorstellen konnte.

Major versuchte, wo es möglich war, mit realistischem Material zu arbeiten. Er benutzte Eichenholz, um das Innere von Beutelsend auszubauen. Dies war gar nicht so einfach, da ja in einer Hobbithöhle alles ziemlich rund ist, und das Holz mit heißem Dampf gebogen werden musste.

Auch in Bruchtal wurde viel Holz verarbeitet. Grundidee dieses Sets war die Offenheit der Struktur, die Drinnen und Draußen verschwimmen ließ. Durch die an organischen Formen orientierten Dekorationen und Ornamente sollte ein fließender Übergang zwischen der Natur und dem Haus der Elben entstehen. Major wollte, dass dieser letzte sichere Hafen auf der Reise nach Osten eine vergängliche und herbstliche Stimmung vermitteln sollte. Die Zeit der Elben in Mittelerde ist vorbei, und dies spiegelt sich auch in ihren Heimstätten wieder.

Auch in Kazad-dûm, der alten Stadt der Zwerge, in Moria sollte eine solche Verankerung von Zeit und Raum, die Historie des Ortes zum Ausdruck kommen. Man wählte kühle Farben, um die Vergänglichkeit zu unterstreichen. Gerade in Moria musste Major mehrere Ebenen verwirklichen. Es sollte deutlich werden, dass dies einst eine prächtige, unterirdische Stadt gewesen ist, geschaffen von einem Volk, das meisterhaft den Stein bearbeitete. Aber dies liegt schon weit in der Vergangenheit. Seit diesen ruhmreichen Tagen hat die Zeit und die Zerstörungswut der Orks ihre Spuren hinterlassen. Major verband die natürliche Form des Felsens mit architektonischen Strukturen. Die Architektur der Zwerge sollte eine gewisse Funktionalität ausstrahlen, schließlich kann man sich vorstellen, dass es eine statische Meisterleistung gewesen sein musste, eine ganze Stadt unter dem Berg zu bauen.

„Die Erschaffung einer ganz eigenen Welt war eine Herausforderung", erzählte Major. „Wir haben jedes Detail der Requisiten selber gemacht, vom Glas der Fenster bis hin zu den Bäumen."

Auf diese Weise kann der aufmerksame Zuschauer immer wieder neue Dinge entdecken, die Mittelerde real erscheinen lassen.

## Kapitel 9

# Reiseführer durch Mittelerde

Begleitet uns auf eine Reise durch Tolkiens Mittelerde bzw. Jacksons wunderschönes Neuseeland! Hört, was wir euch von den Dreharbeiten und den Drehorten zu erzählen haben! Und falls der nächste Urlaub euch dorthin führen sollte, oder ihr einfach nur neugierig seid zu erfahren, wo was liegt, haben wir eine Karte (s. Farbstrecke im Innenteil) mit den besten Drehlocations fertig gestellt.

## 1.) Port Waikato – Die Wetterspitze

Auf ihrer Reise von Bree in Richtung Trollwald rasten die Hobbits zusammen mit Streicher am Fuße der Wetterspitze, eines Hügels, auf dessen Haupt sich die Ruinen einer alten Waldläuferfestung erheben. In der darauffolgenden Nacht kommt es zu einem verhängnisvollen ersten Kampf mit den Ringgeistern, den Frodo nur knapp überlebt.

Die Szenen innerhalb der alten Ruinen wurden im Studio in Wellington gedreht, aber für die kompletten Umgebungsaufnahmen reiste die Filmcrew in den Norden Neuseelands. Die grasige Landschaft von Port Waikato mit ihren sanften Hügeln und einigen interessanten Felsformationen bot sich geradezu für die Szenen in den Wetterbergen an. „Wir hatten diese ausgezeichnete Location gefunden", schwärmte Dan Hennah (Supervising Art Director). „Einen Felsen, der wie ein Pilz aussieht. Dieser Hügel ist etwa 100 m hoch und oben gab es einen gräsernen Aufsatz mit Aushöhlungen an beiden Seiten. Wir haben in einer der beiden Aushöhlungen eine Feuerstelle und eine zum Gipfel führende Treppe eingerichtet."

## 2.) Matamata – Das Auenland

Für das Auenland hatte Peter Jackson eine ganz besondere Vorstellung. Er wollte das gesamte Set an einem Stück errichten. Von Hobbingen sollte ein Weg zum Mühlwasser-Bach über eine Brücke führen, an der Mühle vorbei, bis hin zur Schenke in Wasserau mit dem Gasthaus „Zum Grünen Drachen". Hohe Anforderungen für die Location-Crew, die sich gleich auf die Suche machte und schließlich in einem abgeschiedenen Tal zwischen Matamata und Karapiro auf der Nordinsel Neuseelands fündig wurde. Sanfte Hügel, ein friedlicher See und einige hohe Pappeln boten die ideale Landschaft für die Heimat der Hobbits. Zwar erwiesen sich die Weiden und Felder als Privatbesitz, doch die Verhandlungen mit dem Besitzer, dem Bauern Ian Anderson, verliefen nicht allzu schwer. Schon bald konnte der Aufbau des Auenlandes beginnen.

Anschließend gingen Produktionsdesigner Grant Major und Set-Dekorateur Dan Hennah an die Arbeit. Im September 1998, ein Jahr bevor die erste Klappe fiel, begann die Crew, unterstützt durch die neuseeländische Armee, Straßen, Brücken und Hobbithöhlen zu bauen. Dabei strebte man größtmögliche Authentizität an. Peter Jackson wollte, dass alles so wirkt, als ob die Hobbits schon seit Generationen in diesem Tal leben. Das Set sollte durch den natürlichen Einfluss des Wetters altern. Viele verschiedene Waldpflanzen und Gemüse wurden von Gärtnern ausgesetzt und hatten ein Jahr Zeit, wild zu wuchern. Moose sollten sich auf den Zäunen und Türen absetzen. Die Wildblumen begannen zu blühen. „Es waren echtes Moos, echtes Gras, echte Bäume und, Dank des hervorragenden

> **Internet-Reisetipp:**
> *Erkunde das Auenland und die Umgebung!*
> *[http://www.matamata-info.co.nz]*

Design-Teams, echt wirkende Behausungen", beschreibt Gandalf-Darsteller Ian McKellen seinen ersten Eindruck von diesem Set. Die Hobbithöhlen in Hobbingen waren allerdings nur Attrappen und nicht bewohnbar, wie sich so mancher Fan nach Betrachten der ersten Fotos wünschte. Die typisch runden Türen führten nur in einen kleinen Hohlraum, der so groß war, dass gerade die Kamera hineinpasste.

## 3.) Whakapapa Ski Area (im Tongariro Nationalpark) – Mordor / Emyn Muil

Normalerweise geht es in den Sommermonaten im kleinen Ski-Ort Whakapapa Village eher beschaulich zu, doch im Sommer 2000 drohte der Ort aus allen Nähten zu platzen. Einige Wochen lang war die Ortschaft ganz und gar im Filmfieber und die wenigen Touristen vermuteten zunächst, dass der Zirkus in der Stadt sei. Dutzende Anhänger, Lastwagen und Geländewagen blockierten die Straßen, und die Crew hatte große Festzelte für die Mahlzeiten der Statisten und die Make-up-Leute errichtet. Security-Männer mit Funkverbindungen im Ohr und Sprechfunkgeräten kontrollierten gewissenhaft alle Passanten nach Kameras und Fotoapparaten, und die Statisten wurden in Busladungen zu den Sets kutschiert. Kurzerhand funktionierte man auch die Skilifte um, sodass sie von nun an ebenfalls als Statisten-Transporter dienten.

In der kargen Landschaft mit seinen unzähligen spitzen Felsen wurde die Prolog-Szene für den ersten Teil gedreht. Das gesamte Gebiet befindet sich in unmittelbarer Nähe des einzigen noch aktiven Vulkans Neuseelands, dem Mount Ruapehu. Der Mount Ruapehu ist mit fast 3000 Metern auch der höchste Vulkan im Tongariro Nationalpark, der ein Hochplateau mit mehreren aktiven Vulkanen in der Mitte der Nordinsel Neuseelands umfasst. Keine Frage, dass Peter Jackson genau diesen Berg als Motiv für den Schicksalsberg auswählte.

Bei den Schlachtszenen waren täglich mindestens 1100 Menschen am Set. Für die seltene Vegetation stellten die vielen Füße natürlich eine erhebliche Gefahr dar. „Am ersten Tag der Dreharbeiten war die Naturschutzbehörde etwas besorgt über den möglichen Schaden", berichtete Location-Manager Robin Murphy. Daher überlegte sich das Team eine ebenso unkonventionelle wie einfache Lösung: Fünf Tonnen Teppiche wurden über Nacht von Wellington angeliefert. Location Administrator Matthew J. Cooper und ein kleines Team arbeiteten bis zum ersten morgendlichen Sonnenschein, um den Teppich über das Set auszubreiten. „Wir rollten im wahrsten Sinne des Wortes den roten Teppich für die Crew aus. Wir schützten so die Pflanzen vor den Füßen. Sie wurden zwar zerdrückt, konnten sich aber wieder erholen. Wir hinterließen nur ein paar Fußabdrücke."

## 4.) Tukino Ski Area (im Tongariro Nationalpark) – Mordor

In Nähe der Tukino Ski Area, an den östlichen Hängen des Vulkans Mount Ruapehu: Dieses Gebiet liegt abseits jeglicher Zivilisation und ist nur über einen unwegsamen Feldweg mit Vierrad-Geländewagen zu erreichen. Der Mount Ruapehu ist mit fast 3000 Metern der höchste Vulkan im Tongariro Nationalpark, der ein Hochplateau mit mehreren aktiven Vulkanen auf der Nordinsel Neuseelands umfasst. Die unwirkliche Lava-Landschaft in der Umgebung des Vulkans, der sich vor sechs Jahren noch recht aktiv zeigte, bildete eine hervorragende Kulisse für die Aufnahmen in Mordor, dem Lande des Bösen.

Aber nicht nur die Natur am Boden bereitete der Filmcrew Probleme, auch der Wettergott war dem Unternehmen so manches Mal nicht wohl gesonnen. Bei den Dreharbeiten direkt am Vulkan fing es im April (Herbst in Neuseeland) an zu schneien und dass bei einer Szene, in der sich die Hobbits Frodo und Sam durch glühende Hitze bewegen sollten. Mit riesigen Öfen ließ Jackson den Schnee wegschmelzen, um nach kurzer Verzögerung weiterdrehen zu können. Das Motto am Set lautete immerzu: „Sei vorbereitet, vermeide Risiko und erwarte das Unerwartete!" „Wenn etwas Unerwartetes passiert, kann das die Dreharbeiten aufhalten, und das kostet Zeit und Geld", so Cooper. „Außerdem mussten wir flexibel sein, um Peters Wünschen entsprechen zu können und Pläne über Nacht zu ändern, wenn notwendig."

Bei einem weiteren, schweren Schneesturm am Ruapehu-Set wurde um drei Uhr morgens das große Versorgungszelt zerstört. „300 Statisten sollten in wenigen Stunden mit Bussen eintreffen, und wir mussten sie dann mit Essen versorgen und kostümieren", erzählte Location Manager Jared

**Internet-Reisetipp:**
*Wandern, Ski-Fahren, Biking und Rafting quer durch Mordor am Schicksalsberg.*
*[http://www.ruapehu.tourism.co.nz]*

Connon. „Wir mussten die ganze Nacht arbeiten, um das Zelt rechtzeitig wieder zu reparieren." Die so genannten ‚Locationer' sind die wahrscheinlich wichtigsten Leute an einem Drehort. Sie arbeiten rund um die Uhr härter als jeder andere sonst am Set. „Wenn man eine Filmkulisse aufbaut, ist das so, als ob man eine Stadt errichtet", erzählte Connon. Mit der Zeit lerne man alle Tricks, damit die Arbeit effizienter abläuft. Besonders wichtig ist es dabei, das Make-up-Zelt immer direkt neben die Toilette zu platzieren", berichtete er lachend.

## 5.) Rangipo Desert – Das schwarze Tor

Die kahle, trostlose Landschaft auf dem vulkanischen Plateau südlich von Taupo bietet nur sehr widerspenstigen Pflanzen die Möglichkeit zu überleben. Die Wetterbedingungen sind sehr hart, Wind und Wasser haben der Landschaft mit der Zeit ihr zernarbtes Gesicht verliehen. Südlich dieser Steppenlandschaft befindet sich der größte Stützpunkt der neuseeländischen Armee, die die Dreharbeiten in diesem Gebiet tatkräftig unterstützte. Die Soldaten der Armee schützten das Gelände nicht nur vor allzu neugierigen Blicken, sondern gaben auch hervorragende Komparsen ab.

## 6.) Rangitikei River – Anduin

Die Anduin-Szenen wurden am gewaltigen Rangitikei River auf der Nordinsel Neuseelands gedreht, einem langen Fluss mit vielen Stromschnellen, der wegen seiner abgeschiedenen Lage ein einzigartiges Naturpanorama bietet.

**Internet-Reisetipp:**
*Wildwasser-Fahrten oder Kanu-Touren auf dem Anduin.*
*[http://www.rangitikei.co.nz]*

Wo sonst die Touristen in Wildwasser-Speed-Booten über den Fluss jagen, mussten die Darsteller mit ihren Elbenbooten versuchen, nicht zu kentern, während ein Kamera-Hubschrauber dicht über ihren Köpfen hinwegflog. Sicherheitshalber hatten alle Hauptdarsteller in der Vorbereitungszeit der Dreharbeiten Ruderunterricht im Hafen von Wellington erhalten.

## 7.) Waitarere Forest – Die Trollhöhen

Als die Hobbits und Aragorn bei den Trollhöhen auf die Elbe Arwen treffen, sind im Hintergrund, als nette Geste für Tolkien-Fans und als kleine Anspielung auf die Abenteuer von Bilbo Beutlin in „Der Hobbit" (erschienen bei Klett Cotta), die drei versteinerten Trolle zu sehen, die Bilbo und die 13 Zwerge zum Frühstück verspeisen wollten. Für diese Szene wurden alle drei Trolle von den Bildhauern bei WETA Workshop nach Vorlage der Zeichnungen von Alan Lee in Originalgröße hergestellt und mit Lastwagen zu diesem Set transportiert.

## 8.) Otaki Totara Forest – Die Strasse nach Hobbingen

## 9.) Otaki Gorge Road – Auenland-Wald

Der eindrucksvolle Otaki Totara Wald rund um den Otaki-River ist für die Neuseeländer ein beliebtes Ziel für Camping- und Picknick-Ausflüge. Das mit vielen Bächen und Flüssen durchzogene Waldgebiet eignet sich außerdem hervorragend zum Wandern und Kajak fahren. Hier wurde unter anderem Gandalfs Ankunft im Auenland gedreht.

## 10.) Fernside, Featherston – Das Ufer des Silberlauf (Lothlórien)

Der Abschied der Gefährten von Lothlórien wurde in den Parkanlagen von Fernside, 50 Minuten nördlich von Wellington im Herzen South Wairarapas gedreht. In diesen gartenähnlichen Anlagen mit seinen Seen und Flüssen gelang es der Crew im Juli 2000 und November 2000, die magische Atmosphäre von Lothlórien hervorragend einzufangen. Eine einfache Holzbrücke wurde vom Art-Department kurzerhand in eine aufwändige, elbische Jugendstilbrücke verwandelt und ein paar Elbenboote wurden zu Wasser gelassen. Ein gigantischer Mallorn-Baumstumpf machte das Set perfekt. Vorarbeit leisteten die Engländer Ella und Charles Elgar vor über Hundert Jahren, als sie diese Parkanlage entwarfen.

## 11.) Kaitoke Regional Park – Bruchtal

Etwa eine Stunde Autofahrt nördlich von Wellington wurde die aufwändige Bruchtal-Kulisse im dichten bewaldeten Kaitoke Regional Park errichtet.

Die Gebäude, gestaltet nach Jugendstil-Einflüssen, wurden sehr offen gebaut, und so war ein fließender Übergang in den Wald möglich. Die Kulissen errichtete man inmitten von Bäumen und Bächen, ohne dass die Natur dabei zu stark beeinträchtigt wurde.

Die Crew von WETA-Workshop schuf mit Pumpen künstliche Wasserläufe, und selbst einige Hundert Meter vom Set entfernt wurden einige elbische Türme im Wald errichtet, die von der Hauptkulisse aus im Hintergrund zu sehen sein sollten.

**Internet-Reisetipp:**
*Infos über Freizeit- und Wandermöglichkeiten im Kaitoke Regional Park.*
*[http://www.wrc.govt.nz/rp/kaitoke.htm]*

## 12.) Keeling Farm, Manukau – Die Fähre von Bockenburg

## 13.) Wellington – Film-Studios / Bree

Die Außenkulissen des Ortes Bree wurden im Armee-Stützpunkt Fort Dorset in Seatoun, Wellington errichtet. Das Gelände befindet sich nur einige Minuten von den WETA Studios entfernt, in unmittelbarer Umgebung von Peter Jacksons Lieblingscafe „The Chocolate Fish“. Für die Straßen von Bree schaffte man jede Menge Schlamm und Erde auf das Gelände. Gedreht wurde auf diesem Gelände im Oktober 1999.

Nachdem sich einige Fans eines Nachts über den Sicherheitszaun auf das Gelände geschlichen und in der Morgendämmerung einige Fotos geschossen hatten, die kurz darauf im Internet auftauchten, wurde der gesamte Sicherheitsapparat der Produktion überarbeitet und das Aufgebot der Wachmänner verdreifacht.

**Internet-Reisetipp:**
*Wandern und Freizeit in Dorset.*
*[http://www.dorsetcove.com]*

## 14.) Makara Wellington – Kreuzung in Mordor

Auch an der rauen Küste in der Nähe von Wellington wurden einige Mordor-Szenen gedreht, natürlich immer so, dass das Meer nicht zu sehen war.

## 15.) Harcourt Park, Upper Hutt – Die Gärten von Isengart

Die gepflegte Parkanlage des Freizeitgebiets Harcourt Park (20 Meilen nördlich von Wellington) eignete sich für Jacksons Team gerade richtig für die Gärten von Isengart. Der Regisseur hatte die Idee, dass innerhalb der Steinmauern von Isengart ein gepflegter Park die hohe Kultur der Istari widerspiegeln sollte. Der Rasen sollte gemäht, die Hecken sollten geschnitten und die Bäume gepflegt sein. Umso stärker würde dann nämlich der Kontrast ins Auge stechen, wenn später im Film die Bäume gefällt und die Landschaft verwüstet wird.

Für die Aufnahmen des Gesprächs zwischen Gandalf (Ian McKellen) und Saruman (Christopher Lee) musste in dem Park gar nicht mehr so viel verändert werden, nur für die Szenen, in denen die Bäume von den Orks niedergerissen werden, wurde das Gelände leicht präpariert. Auf einer größeren Rasenfläche wurden „künstliche“ Bäume errichtet, an deren Wurzeln Stahlgelenke angebracht waren, sodass sie immer wieder umgestürzt und anschließend wieder aufgestellt werden konnten. Diese künstlichen Bäume bestanden zu großen Teilen aus richtigen Bäumen, die gefällt und zerlegt worden waren, sodass man sie mit Bolzen wieder zusammenstecken konnte. Die Blätter aber bestanden aus

Plastik und waren in mühsamer Handarbeit an den Ästen befestigt worden. Ende Oktober 1999 wurde auf diesem Gelände mit großem Aufwand meistens bis spät nach Mitternacht und bei strömendem Regen gedreht.

## 16.) Upper Hutt – Die Hornburg, Minas Tirith

Eine gewaltige Festung in Helms Klamm - 25 Autominuten von Wellington, in Upper Hutt. Dort wurde in einem alten Steinbruch das gewaltige Set der Hornburg er-

**Internet-Reisetipp:**
*Besuch den Schauplatz von vielen Schlachten, schau dir den Steinbruch an, der als Drehort diente!*
*[http://www.upperhutt.org.nz/]*

richtet. Da diese Kulisse von der Bundesstraße 2 gut erkennbar war, lockte sie Tag für Tag Dutzende Schaulustige an. Nach den Dreharbeiten im Frühjahr 2000 wurden die Kulissen abgebaut und an derselben Stelle Straßenzüge der Stadt Minas Tirith errichtet, wo die Dreharbeiten Dezember 2000 begannen. Doch diesmal hatte die Produktions-Crew dazugelernt und die Kulisse mit der Rückseite zur Straße errichtet, sodass sie nur sehr schlecht einsehbar war.

## 17.) Queen Elizabeth Park, Raumati South – Die Pelennor-Felder

## 18.) Putangirua Pinnacles – Dimholt (Der Weg zu den Pfaden der Toten)

## 19.) Rocky Point, Cape Palliser – Mordor

## 20.) Takaka Hill – Der Chetwald

## 21.) Mt. Olympus – Eregion

## 22.) Mt. Owen, Nelson – Caradhras, Schattenbachtal

## 23.) Mt. Gun, Franz Joseph – Signalfeuer

## 24.) Mt. Potts Station, Rangitata Valley – Edoras

Edoras wurde in einem Gletscher-Tal am Mount Potts auf der Südinsel abseits jeder Zivilisation in Originalgröße errichtet. Die Filmcrew musste extra eine Straße mit mehreren Brücken zum Drehort bauen. Der nächste erreichbare Ort war Methven (70 Autominuten entfernt), wo die Crew alle Hotels ausgebucht hatte. Edoras war eines der eindrucksvollsten Sets, da alle Gebäude der Stadt aus Holz errichtet und mit feinen Schnitzereien versehen worden waren. Jackson bestand wegen seiner Kamerafahrten darauf, dass man von diesem Set eine 360-Grad-Rundumsicht hatte.

**Internet-Reisetipp:**
*Um an den Drehort zu kommen, muss man sich Geländewagen oder einen Hubschrauber mieten. Aber auch die besser zugängliche Umgebung ist atemberaubend und bietet allerhand Möglichkeiten der Freizeitgestaltung. [http://www.nz-holiday.co.nz/methven]*

## 25.) Queenstown und Umgebung

## 26.) Paradise, Glenorchy – Lothlórien, Amon Hen, Fangorn

## 27.) Greenstone Station, Kinloch – Die Ebene von Rohan

## 28.) Lake Alta – Eregion, Schattenbachtal

## 29.) Arrowtown Reserve – Bruinenfurt

Um die richtige Stelle für die Bruinen-Furt zu finden, begab sich Peter Jackson mit seiner Filmcrew nach Arrowtown, einem kleinen Städtchen, das 1862 am Arrow River gegründet wurde, als die ersten Siedler dort Gold fanden.

Lokale Reiseunternehmer führen Touristen gerne zu der Stelle am Fluss, wo die Szene mit den schwarzen Reitern gefilmt wurde. Dort kann auch heute noch gegen eine geringe Gebühr mit speziellen Pfannen Gold gewaschen werden.

**Internet-Reisetipp:**
*Die Gegend um Arrowtown bietet jede Menge Möglichkeiten der Freizeitgestaltung, von Tagestouren mit Geländewagen über Bungee-Jumping bis hin zum Angeln an dem Fluss, an dem Liv Tyler den Ringgeistern nur knapp entkam. [http://www.arrowtown.org.nz]*

## 30.) Marova Lakes – Fangorn, Amon Hen

## 31.) Norwest Lakes – Die Nebelgebirge

## 32.) Kepler Mire, Bog Pine Paddock, Te Anau – Totensümpfe

Die Crew von Peter Jackson war zunächst nicht sehr willkommen in diesem sumpfigen Waldgebiet, denn die Gesellschaft zum Schutz des Waldes und der Vögel befürchtete, dass die Filmleute größeren Schaden in der Natur anrichten könnten. Es wurde vermutet, dass Jacksons Team mit 200 Leuten und bis zu 30 Trucks anrückte, die gesamte Pflanzenwelt zertrampelte und seltene Vögel verjagte. Aber die Produktionsgesellschaft beruhigte die Naturschützer. Man werde maximal 25 Crew-Mitglieder und drei Schauspieler (Elijah Wood, Sean Astin, Andy Serkis) mit einem Hubschrauber in das Gebiet bringen. Innerhalb des Sumpfgebietes werde man sich mit kleinen Booten bewegen. Und so war es dann auch. Innerhalb weniger Tage wurden die Totensumpf-Szenen abgedreht.

## 33.) Poolburn Lake, Ida Valley – Die Ebene von Rohan

## 34.) Tarras, Wanaka – Gebiet vor der Bruinenfurt

Peter Jackson wollte, dass die Verfolgungsjagd der Ringgeister auf Arwen in der ersten Hälfte auch der erste Höhepunkt des Films wird, dramaturgisch wie optisch. Er suchte also eine große weite Fläche, in der auch die Möglichkeit bestand, aus der Vogelperspektive zu filmen. Auf diesem Gebiet sollte der Blick so weit wie möglich reichen, und nur wenig Bäume, keine Zäune und keine Häuser sollten die Sicht versperren. Der Zuschauer sollte bis zum Horizont blicken können, wo sich schneebedeckte Berge erheben.

Dieses Gebiet fand er schließlich bei Tarras im Herzen der Südinsel von Neuseeland, eine ebene Heidelandschaft, unberührt und wie geeignet für die Verfolgungsjagd.

## 35.) Ben Ohau Station, Twizel – Die Pelennorfelder

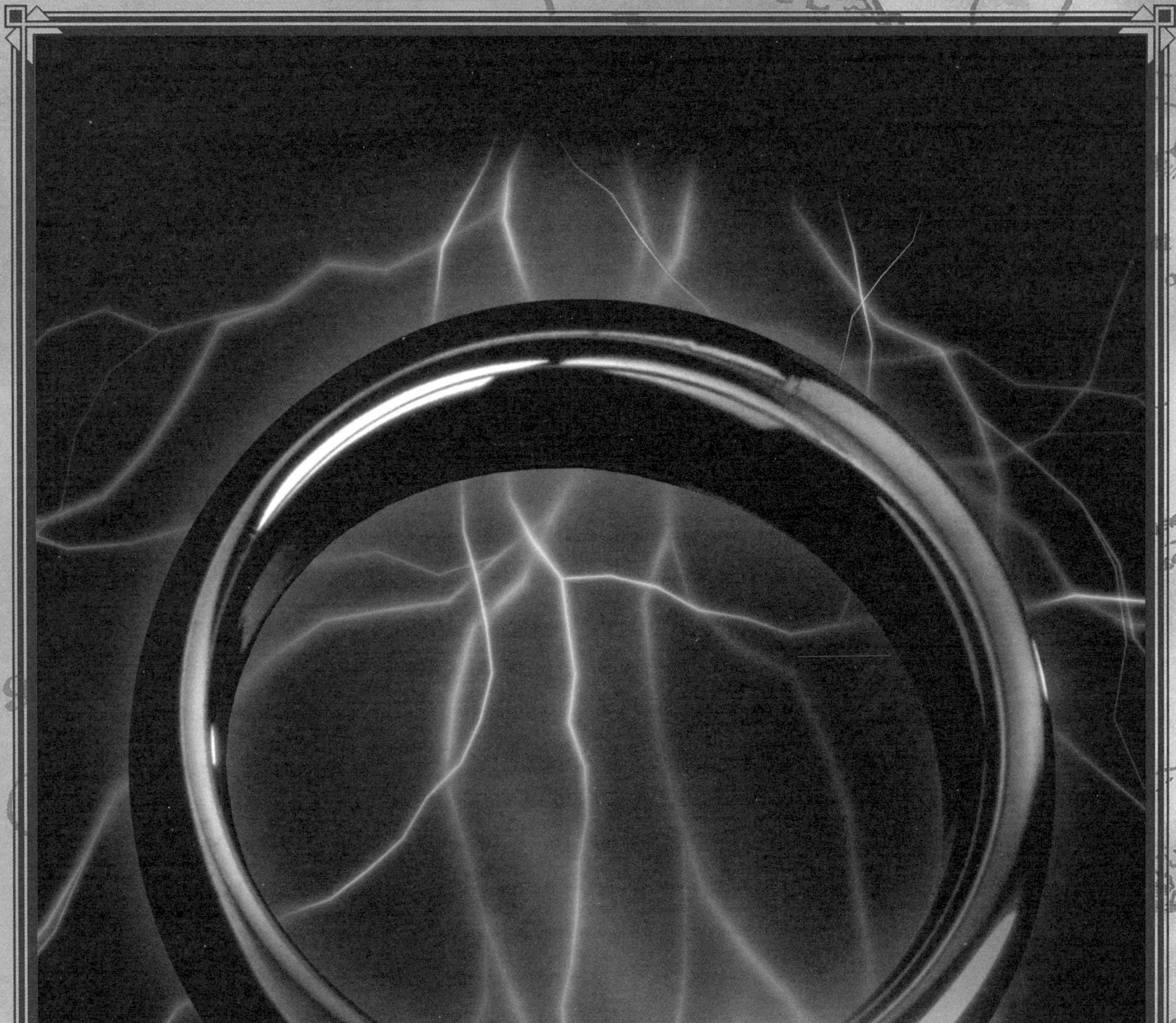

# Kapitel 10

# Sindarin, Quenya und Khuzdul - Die Sprachen von Mittelerde

Noch wichtiger als seine Völker und Charaktere waren Professor J. R. R. Tolkien die Sprachen. Schon als Schüler entdeckte er seine Leidenschaft, künstliche Sprachen mit einer gewissen Komplexität zu erfinden.

Und seine Sprachen kann man nicht mit den sonst üblichen Kunstsprachen vergleichen, wie etwa dem Klingonisch aus dem „Star Trek"-Universum, bei dem es sich eigentlich nur um eine maskierte, englische Sprache handelt. Auch die Schriften zu Tolkiens Sprachen bestehen nicht einfach nur aus Runen anstelle der Buchstaben des lateinischen Alphabets. Seine Sprachen besitzen eigene Ursprünge, eine eigene Grammatik und ein eigenes Laut-Alphabet.

J. R. R. Tolkien erfand viele Sprachen in seinem Leben, aber eine von ihnen gefiel ihm besonders gut. Er nannte diese Sprache „Quenya", eine elbische Sprache, die dem Altgriechischen und dem Finnischen sehr ähnelt. Zu der gleichen Zeit, um das Jahr 1917, nahm auch eine andere Elbensprache von Tolkien (er war damals 25 Jahre alt) konkrete Formen an: Diese Sprache nach walisischem Vorbild nannte er „Sindarin". Beide Sprachen sind sehr kompliziert und verfügen über eine komplexe Grammatik. Tolkien borgte sich zusätzlich auch Elemente aus dem Lateinischen und Hebräischen.

Tolkiens Sprachen zu erlernen ist äußerst kompliziert. Erschwerend kommt die Tatsache hinzu, dass der Autor seine Sprachen niemals vollendet hat, falls dies überhaupt möglich ist.

Er hat zwar für beide Sprachen, sowohl für Sindarin als auch für Quenya, ein umfangreiches Vokabular entwickelt, doch dieses reicht bei weitem noch nicht für ausgedehnte Diskussionen aus.

Es ist aber durchaus möglich, die Strukturen seiner Sprachen zu durchschauen, um die vorhandenen Sätze und Namen zu verstehen. Und daher gibt es auch gut ein Dutzend Sprachwissenschaftler, die sich mit Tolkiens Sprachen auseinander gesetzt haben und diese Sprachen nach Tolkiens Vorbild weiterentwickeln.

Einer dieser Sprachexperten ist der Amerikaner David Salo, der sich eingehend mit Sindarin und Quenya beschäftigt hat. Als Salo hörte, dass der Film für die Leinwand adaptiert werden soll, schrieb er einen Brief an Regisseur Peter Jackson, in dem er darum bat, dass die Elbensprachen im Film ordnungsgemäß umgesetzt würden. Und dieser Brief landete auch tatsächlich in Neuseeland auf einem Schreibtisch der Produktionsfirma 3Foot6. Es waren schon einige Monate vergangen, als bei David Salo das Telefon klingelte und die Produzenten ihn fragten, ob er nicht Peter

*Arwen-Darstellerin Liv Tyler machte es großen Spaß, die Sprache der Elben zu erlernen.*

aber eine solche Chance bekommt man kein zweites Mal. David Salo sagte sofort zu.

Und es dauerte auch nicht lange, bis die Arbeit begann. Denn schon viele Monate vor Drehbeginn arbeitete Salo mit den Requisiten-Designern und Kostümbildnern zusammen, schrieb kurze Verse als Inschriften für Schwerter oder andere Requisiten.

Als bei Salo die ersten Dialoge zum Übersetzen eintrudelten, kam ihm sein Hintergrundwissen sehr zu Gute, denn die meisten Texte konnte man allein mit Tolkiens Angaben gar nicht übersetzen. Salo war nur in der Lage zu vermuten, wie Tolkien vorgegangen wäre und ebenso zu verfahren. „Er gibt kleine Hinweise, mal hier, mal dort", erzählte Salo. „Man achtet dabei auf Muster und erschließt so den Rest."

Jackson bei der Verfilmung helfen wolle. „Das hat mich natürlich zunächst ziemlich verblüfft", gestand der 33-Jährige.

David Salo ist fast wie Tolkien seit seiner Kindheit ein Sprachgenie. Für Tolkiens Elbensprachen begann er sich mit bereits sechs Jahren zu interessieren, als er den „Herrn der Ringe" das erste Mal gelesen hatte. „Alle diese Namen und Wörter, und du willst wissen: Was bedeuten sie?", erzählte Salo über den Beginn seiner Leidenschaft. In den sieben Jahren zwischen seinem Vorstudium am Macalester College in St. Paul, Minnesota, wo er Latein und Griechisch studierte, und dem Hauptstudium in Madison studierte Salo alles über die Elbensprachen, was Tolkien darüber aufgeschrieben hatte.

Zu der Zeit als sich die Produzenten bei ihm meldeten, studierte David Salo gerade Tocharian, eine indoeuropäische Sprache, die im mittelalterlichen China etwa um 800 n. Chr. gesprochen wurde. Eigentlich hatte er gar keine Zeit neben diesem Studium für die Filmproduktion zu arbeiten,

Als die Dialoge ins Sindarin, Quenya und auch ins Zwergische übersetzt waren, ging es um die richtige Aussprache. Salo sprach alle Worte und Dialoge auf eine Kassette und schickte sie den beiden Sprachtrainern Andrew Jack und Roisin Carty in Neuseeland zu. Die Sprachtrainer hatten nun die Aufgabe, mit den Schauspielern die Aussprache dieser Worte und Texte zu üben. Regisseur Peter Jackson wollte, dass die Worte wie selbstverständlich aus den Mündern der Akteure sprudelten, sodass es sich für den Zuschauer anhört, als ob es sich um die Muttersprache der Akteure handelt. So verbrachten dann die Schauspieler, wie etwa Liv Tyler, Hugo Weaving oder auch Cate Blanchett, viele Stunden vor dem Spiegel zu, immer wieder die gleichen Sätze sprechend. Diese Probleme hatte David Salo schon seit einiger Zeit nicht mehr: „Wenn du mit den Sprachen eine Zeit lang arbeitest, wird es wie eine Zweitsprache."

## Anhang

# Der Sindarin-Sprachkurs

## (mit elbischen Filmzitaten)

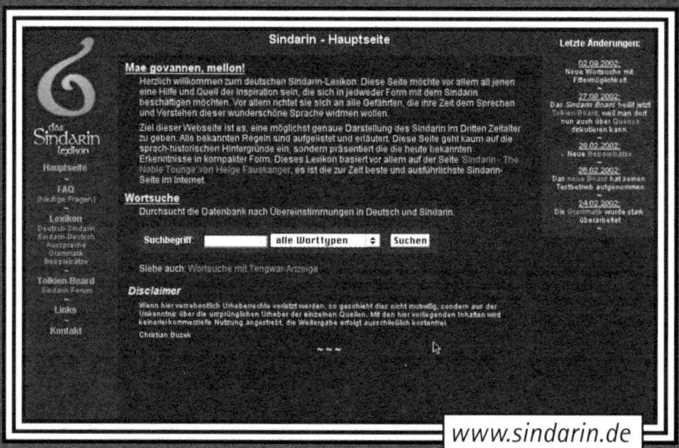


www.sindarin.de

### 1.) Einleitung

Für alle Tolkien-Fans, die sich der Herausforderung stellen wollen, sind hier die wichtigsten grammatikalischen Regeln der elbischen Sprache Sindarin zusammengestellt. Die Anwendung wird später am Beispiel einiger Sätze aus dem ersten Film „Der Herr der Ringe – Die Gefährten" erläutert. Dieser Sprachkurs entstand in Zusammenarbeit mit **Ryszard Derdzinski** und **Christian Buzek** nach den Vorlagen des Sprachforschers **Helge Fauskanger**. Wer mehr über die Sprache Sindarin erfahren möchte, sollte die hervorragende Website **www.sindarin.de** besuchen, auf der man mehr über die Grammatik und ein umfangreiches Vokabular findet. Außerdem kann man sich mit anderen Liebhabern dieser Sprache austauschen. Weitere Internet-Links zum Thema Sprachen in Mittelerde gibt es am Ende dieses Sprachkurses.

### 2.) Was ist Sindarin?

Sindarin ist wohl die am besten ausgearbeitete Kunstsprache von J. R. R. Tolkien. Es ist die Sprache der Grauelben von Beleriand, wie sie am häufigsten in Mittelerde gesprochen wird. Als die Noldor am Anfang des ersten Zeitalters nach Mittelerde zurückkehrten, entschied Thingol, dass die alte Sprache der Elben, das Quenya, nicht länger in ihren Gebieten verwendet werden sollte. Auch gebildete Númenorer beherrschen diese Sprache, u. a. Aragorn, Arathorns Sohn, der in Bruchtal bei Elrond aufwuchs. Obwohl es auch einige komplizierte Sindarin-Dialekte gibt, liegt allen dieselbe Struktur zugrunde.

### 3.) Die richtige Aussprache

Wörter mit zwei Silben werden in den meisten Fällen auf der ersten Silbe betont.
Beispiele: ***ga**-len, **edh**-el, **a**-dan, **ma**-gol*

Bei Wörtern mit mehreren Silben gibt es zwei etwas kniffligere Möglichkeiten:
Besitzt die vorletzte Silbe einen kurzen Vokal, auf den ein oder kein Konsonant folgt, so wird die ihr vorhergehende Silbe betont.
Beispiele: ***lu**-va-nor, **va**-li-men*

Die vorletzte Silbe wird betont, wenn sie einen langen Vokal, einen Diphthong (Doppellaute wie **au** oder **ei**) oder einen Vokal besitzt, auf den zwei oder mehr Konsonanten folgen.
Beispiele: *nel-**ven**-nas, sui-**lan**-non*

Die Laute **ch** (wie in „Bach"), **th**, **dh** (wie **th** in „think") sind im Sindarin ziemlich oft vertreten.

Das **r** wird stark gerollt, wie es in der spanischen Sprache üblich ist.

Das Sindarin-**c** wird immer wie **k** gesprochen, also klingt der Name „Cirdan" wie „Kirdan".

Die Diagraphen **rh** und **lh** werden als stimmloses **r**, bzw. **l** ausgesprochen.

Im Sindarin gibt es sechs Vokale: **a**, **e**, **i**, **o**, **u** und **y** (das **y** entspricht etwa dem deutschen **ü**). Lange Vokale sind im Folgenden mit einem Akzent markiert (**á**, **é** etc.).

## 4.) Substantive

### Plural

Im Sindarin verändern sich Substantive ausschließlich vom Singular zum Plural. Es gibt keine anderweitigen Deklinationen wie z. B. in der deutschen Sprache (Nominativ, Genitiv, Dativ, usw.). Dies gilt auch für Adjektive. J. R. R. Tolkien beschrieb, dass die Pluralformen im Sindarin „meistens durch Vokalveränderungen" gebildet werden. Neben dem „normalen" Plural gibt es noch den Klassenplural. Wie in den meisten anderen Sprachen ist der Singular die grundlegende, ungebeugte Wortform. Die Pluralform wird im Sindarin durch eine Vokalverschiebung gekennzeichnet: **aran** (König) ➜ **erain** (Könige). Bei der Vokalverschiebung verändern sich ein oder mehrere Vokale, während die Konsonanten unverändert bleiben. (**Anmerkung:** der Begriff „Verschiebung" bezieht sich nicht auf die Position, sondern auf den Klang des Vokals.)

Der Mechanismus der Vokalverschiebung entstammt ursprünglich aus dem Phänomen der „Umlautung". Diese „Umlautung" ist ein wichtiger Bestandteil der Phonologie im Sindarin. Es beschreibt die Tatsache, dass ein Vokal einen anderen Vokal im selben Wort beeinflusst und ihn an den eigenen Klang angleicht. Im Sindarin heißt dieses Phänomen **Prestanneth** (Störung, Beeinflussung). Der linguistische Fachausdruck hierfür lautet *Assimilierung*.

Im Sindarin wird auch der Ausdruck „I-Beeinflussung" verwendet, weil der Buchstabe **i** die Vokalverschiebung ursprünglich ausgelöst hat. Laut Tolkien hatten frühe primitive Elbensprachen eine Plural-Endung **-i** (und die gibt es im Quenya heute noch). Die Plural-Endung als solche wurde nicht bis ins Sindarin vererbt, wohl aber die Veränderungen, die sie im Wortstamm auslöste.

Im Folgenden werden die Veränderungen der Vokale abhängig von ihrer Position und der Form des Wortes aufgelistet. Da die Regeln ebenso für die Plural-Bildung des Adjektivs gelten, sind in den Beispielen oft auch Adjektive zu finden.

### Der Vokal „a"

Sowohl kurzes als auch langes **a** in der letzten Silbe wird zu **ai**. Dies gilt auch für einsilbige Stämme.

- **tâl** (Fuß) ➜ **tail**
- **cant** (Umriss) ➜ **caint**
- **rach** (Wagen) ➜ **raich**
- **barad** (Turm) ➜ **beraid**
- **lavan** (Tier) ➜ **levain**
- **aran** (König) ➜ **erain**

Wenn die letzte (oder einzige) Silbe auf **-ng** oder **-rn** endet, so wird das **a** zu **e**:

- **narn** (Erzählung) ➜ **nern**
- **fang** (Bart) ➜ **feng**

In allen anderen Fällen (also wenn die betreffende Silbe nicht die letzte oder einzige Silbe im Wort ist) wird **a** zu **e**. Dies trifft auch auf mehrsilbige Wörter zu:

- **aran** (König) ➜ **erain**
- **barad** (Turm) ➜ **beraid**
- **lavan** (Tier) ➜ **levain**
- **tawaren** (hölzern) ➜ **tewerin**

### Der Vokal „e"

Kurzes und langes **e** in der letzten oder einzigen Silbe werden zu **i**:

- **edhel** (Elb) ➜ **edhil**
- **lalven** (Ulme) ➜ **lelvin**
- **malen** (gelb) ➜ **melin**
- **certh** (Rune) ➜ **cirth**
- **telch** (Stamm) ➜ **tilch**
- **hên** (Kind) ➜ **hîn**
- **têw** (Buchstabe) ➜ **tîw**

Wenn in der letzten oder einzigen Silbe direkt vor dem **e** ein **i** steht, so wird aus diesem **ie** einfach **i**:

- **miniel** (Elb des ersten Clans) ➜ **mínil**

In allen anderen Fällen (also wenn die betreffende Silbe nicht die letzte oder einzige Silbe im Wort ist) wird das **e** nicht verändert (siehe oben: **edhel,** Pl. **edhil**).

### Der Vokal „i"

Logischerweise (siehe „Umlautung") bleibt der Vokal **i** in der Pluralbildung immer und an jeder Stelle unverändert:

- **Ithron** (Zauberer) ➜ **Ithryn**

Folglich ist ein Wort, das nur **i**-Vokale besitzt, nicht zwischen Singular und Plural zu unterscheiden. Der Satzzusammenhang muss in diesen Fällen über den Numerus Auskunft geben.

### Der Vokal „o"

Der Vokal **o** wird in der letzten oder einzigen Silbe eines Wortes zu **y**. Ein langes **ó** wird zu einem langen **ý**:

- **orch** (Ork) ➜ **yrch**
- **toll** (Insel) ➜ **tyll**
- **bór** (treue Person) ➜ **býr**
- **amon** (Hügel) ➜ **emyn**
- **annon** (Tor) ➜ **ennyn**

Falls in der letzten oder einzigen Silbe ein **i** vor dem **o** steht (was zu iy werden würde), so wird **io** zu **y** (das **i** entfällt also, und **o** wird wie gewohnt umgelautet):

- **thalion** (Held) ➜ **thelyn**

In allen anderen Fällen (also wenn die betreffende Silbe nicht die letzte oder einzige Silbe im Wort ist) wird **o** üblicherweise zu **e**. Dies betrifft auch mehrsilbige Wörter:

- **Nogoth** (Zwerg) ➜ **Negyth**
- **Onod** (Ent) ➜ **Enyd**

Es gibt jedoch einige wenige Fälle, in denen das **o** in einer nicht-letzten Silbe nicht zu **e** wird.

### Der Vokal „u“

Ein kurzes **u** wird an jeder Stelle eines Wortes zu **y**. Ein langes **û** wird hingegen zu **ui**:

- **tulus** (Pappel) ➜ **tylys**
- **dûr** (dunkel) ➜ **duir**

### Der Vokal „y“

Der Vokal **y** verändert sich im Plural nicht, offenbar weil die Ähnlichkeit mit dem **i** schon ausreichend ist (siehe Einleitung „Umlautung“):

- **ylf** (Trinkgefäß) ➜ **ylf**

### Der Diphthong „au“

Im Sindarin wird der Diphthong **au** im Plural zu **oe**. Man beachte, dass am Wortende statt **-au** immer **-aw** geschrieben wird. Die Aussprache bleibt **au**:

- **gwaun** (Gans) ➜ **gwoen**
- **saw** (Saft) ➜ **soe**
- **naw** (Idee) ➜ **noe**

Bemerkung: Der Diphthong **au** ist im Singular oft zu **o** verkürzt, wenn er unbetont an zweiter Stelle eines Wortverbundes steht. Trotzdem wird **au** im Plural zu **oe**. Der Plural von **Balrog**, dessen **-rog** ein verkürztes **raug** (Dämon) repräsentiert, lautet demnach **Belroeg**.

### Andere Diphthonge

Obwohl es an aussagekräftigen Beispielen mangelt, so ist es ziemlich klar, dass sich die meisten anderen Diphthonge wie **ae**, **ai**, **ei** und **ui** vom Singular zum Plural meistens nicht ändern, außer in folgenden Fällen:

### Besondere „ai“-Plurale

Es gibt einige wenige Fälle, in denen sich ein **ai** im Plural zu **i** (meist ein langes **î**) oder sehr selten zu **ý** verändert. Diese Ausnahme tritt bei Wörtern auf, deren Wortstamm im frühen Sindarin ein **e** oder **y** besaßen, welches eine andere Plural-Bildung auslöste. Die betroffenen Wörter sind:

- **cai** (Zaun) ➜ **cî**
- **cair** (Schiff) ➜ **cîr**
- **fair** (Sterblicher) ➜ **fîr**
- **fair** (rechts, rechte Hand) ➜ **fýr**
- **gwain** (neu) ➜ **gwîn**
- **lhain** (dünn, schlank) ➜ **lhîn**
- **mail** (lieb) ➜ **mîl**
- **paich** (Saft) ➜ **pich** (beachte: kurzes **i**!)
- **rain** (Fußabdruck, Spur) ➜ **rýn**
- **tellain** (Fußsohle) ➜ **tellýn**

### Einsilben werden zu Mehrsilben

Es gibt eine Gruppe von Wörtern, die im frühen Sindarin einsilbig waren und im Laufe der Evolution des Sindarin zu zweisilbigen Wörtern wurden. Dennoch verhalten sich diese zweisilbigen Wörter bei der Pluralbildung wie die ehemals einsilbigen. Im frühen Sindarin gab es beispielsweise das Wort *dagr* (Kampf). Dieses Wort bildete eine völlig regelmäßige Plural-Form (*deigr*), wie man es für ein einsilbiges Wort erwartet. Später bildeten diese Wörter eine vollwertige zweite Silbe aus, indem sich vor dem letzten Buchstaben ein **o** einschob (**dagor**). Gleichzeitig fand dieser Prozess ebenfalls in der Pluralform statt (**deigor**). Die betroffenen Wörter sind:

- **badhor** (Richter) ➜ **beidhor**
- **bragol** (plötzlich) ➜ **breigol**
- **dagor** (Kampf) ➜ **deigor**
- **glamor** (Echo) ➜ **gleimor**
- **hador** (Werfer, Schleuderer) ➜ **heidor**
- **hathol** (Axt) ➜ **heithol**
- **idhor** (Nachdenklichkeit) ➜ **idhor** (unverändert)
- **ivor** (Kristall) ➜ **ivor** (unverändert)
- **lagor** (flink) ➜ **leigor**
- **maethor** (Kämpfer) ➜ **maethor** (unverändert)
- **magol** (Schwert) ➜ **meigol**
- **magor** (Schwertmann) ➜ **meigor**
- **nadhor** (Weide) ➜ **neidhor**
- **nagol** (Zahn) ➜ **neigol**
- **naugol** (Zwerg) ➜ **noegol**
- **tadol** (doppelt) ➜ **teidol**
- **tathor** (Weidenbaum) ➜ **teithor**
- **tavor** (Specht) ➜ **teivor**
- **gollor** (Magier) ➜ **gyllor**

Bei einer weiteren Gruppe von einsilbigen Wörtern entstand die zweite Silbe, indem sich ein Konsonant am Wortende (meist ein **-w**) in einen Vokal (meist **-u**) änderte. Das alte Sindarin-Wort *curw* (Geschick) bildete einen regelmäßigen Plural *cyrw*. Durch die beschriebene Veränderung wurde *curw* zu **curu** und bildet daher einen Plural wie **cyru** (anstelle von *cyry*, wie es die oben genannten Regeln erwarten ließen). Weitere Wörter sind:

- **anu** (Männchen) ➜ **einu**
- **celu** (Ursprung) ➜ **cilu**
- **coru** (tückisch) ➜ **cyru**
- **curu** (Geschick) ➜ **cyru**
- **galu** (begünstigt) ➜ **geilu**
- **gwanu** (Vergehen) ➜ **gweinu**
- **haru** (Verletzung) ➜ **heiru**
- **hethu** (vage) ➜ **hithu**
- **hithu** (Nebel) ➜ **hithu** (unverändert)
- **inu** (Weibchen) ➜ **inu** (unverändert)
- **malu** (blass) ➜ **meilu**
- **naru** (rot) ➜ **neiru**

- **nedhu** (Kissen) ➜ **nidhu**
- **pathu** (Ebene) ➜ **peithu**
- **talu** (flach) ➜ **teilu**
- **tinu** (Funke) ➜ **tinu** (unverändert)

Schließlich gibt es noch einige Wörter, deren unregelmäßiger Plural in ähnlichen (komplexen) Gegebenheiten begründet ist und die hier der Vollständigkeit halber erwähnt werden:

- **fela** (Höhle) ➜ **fili**
- **thela** (Speerspitze) ➜ **thili**
- **thala** (kräftig) ➜ **theili**
- **tara** (starr) ➜ **teiri**

### Erweiternde Plurale

Eine Gruppe von Wörtern zeigt die Eigenschaft, dass die Plural-Form länger als die Singular-Form ist:

- **ael** (Meer) ➜ **aelin**
- **bôr** (treue Person) ➜ **beryn**
- **êl** (Stern) ➜ **elin**
- **fêr** (Buche) ➜ **ferin**
- **ôl** (Traum) ➜ **ely**
- **pêl** (umzäuntes Feld) ➜ **peli**
- **tôr** (Bruder) ➜ **teryn**
- **thêl** (Schwester) ➜ **theli**
- **thôr** (Adler) ➜ **theryn**

### Vom Plural abgeleitete Singulare

Es existieren einige Substantive im Sindarin, deren Grundform nicht der Singular, sondern der Plural ist. Dies kommt daher, weil die mit diesen Wörtern bezeichneten Dinge meist für einen Verbund, eine Gruppe oder eine fest zusammengehörende Anzahl stehen. Der Plural ist sozusagen die „natürlichere" Vorkommensart der bezeichneten Dinge. Um dann dennoch ein einzelnes Exemplar bezeichnen zu können, bedient man sich einer „Singular-Endung" (**-od**, **-ig**, **-og**). Beispiel: bezeichnet **glam** eine Orkhorde, so steht **glamog** für einen einzelnen Ork. Weitere Wörter dieser Art:

- **lhaw** (ein Ohren-Paar) ➜ **lhewig** (ein einzelnes Ohr)
- **gwanûn** (ein Paar von Zwillingen) ➜ **gwanunig** (ein einzelner Zwilling)
- **filig** (ein Vogelschwarm) ➜ **filigod** (ein einzelner, kleiner Vogel)

### Das erste Element eines Verbundes

Einige Beispiele zeigen, dass ein Wortverbund (d. h. ein aus zwei oder mehreren einzelnen Wörtern zusammengesetztes Wort) bei der Plural-Bildung offenbar wie ein einziges Wort behandelt werden kann: Das Wort **edenedair** (Mensch-Väter) ist offensichtlich der Plural von **adanadar** (Mensch-Vater), das aus **adan** (Mensch) und **adar** (Vater) zusammengesetzt ist. Eigentlich würde man nur von **adar** (Vater) die Pluralform **edair** (Väter) bilden, was zu **adanedair** führen würde. Das Wort **adanadar** wurde aber offenbar wie ein einziges, viersilbiges Wort behandelt, was gemäß den Regeln zur Pluralbildung aus den ersten drei (nicht-finalen) **a** ein **e** und aus dem letzten (finalen) **a** ein **ai** macht und schließlich zu **edenedair** führt. Hier sind Tolkiens Beispiele, die nach dieser Methode entstanden sind:

- **adanadar** (Mensch-Vater) ➜ **edenedair** (Mensch-Väter)
- **orodben** (Bergsteiger, „Berg-Mann") ➜ **eredbin** (Bergsteiger, „Berg-Männer")
- **rochben** (Reiter, „Pferde-Mann") ➜ **rechbin** (Reiter, „Pferde-Männer")

Es sei noch angemerkt, dass die „normalen" Pluralformen **adanedair**, **orodbin** und **rochbin** wohl zwar unüblich, jedoch ebenso gültig sind.

### Der Klassenplural (Gruppenmehrzahl)

Er wird benutzt, wenn alle Exemplare einer bestimmten Sorte gemeint sind; gebildet wird er durch Anhängen von **-ath** an die Singular-Form:

- **Periann** (Halbling) ➜ **Periannath** (Halblinge im Allgemeinen)
- **sell** (Tochter) ➜ **sellath dîn** (alle seine Töchter)
- **ionn** (Sohn) ➜ **ionnath dîn** (alle seine Söhne)

Um Volksgruppen oder Rassen zu bezeichnen, verwendet man anstelle von **-ath** auch oft **-rim** oder (negativ belegt) **-hoth** (Horde): **glamhoth** (Lärm-Horde, ein anderer Name für Orks), **Nogothrim** (Zwerge)

Man beachte: Die Vokale der Singularformen bleiben unverändert.

## 5.) Artikel

### Der unbestimmte Artikel

Im Sindarin gibt es keinen unbestimmten Artikel: **edhel** (Elb; ein Elb).

### Der bestimmte Artikel

Der bestimmte Singular-Artikel heißt **i** (der/die/das): **i aran** (der König). Beginnt das Substantiv mit **i-**, so lautet der Artikel **ir**, um zwei gleiche, aufeinander folgende Vokale zu vermeiden: **ir Ithil** (der Mond). Der Singular-Artikel löst die weiche Mutation aus.

Der bestimmte Plural-Artikel lautet **in** (die): **in edhil** (die Elben). Der Plural-Artikel löst die nasale Mutation aus (siehe hierzu Kapitel 6: Mutationen).

### Der Genitiv-Artikel

Der Genitiv-Singular Artikel ist **en** und heißt soviel wie „des". Er wird nur verwendet, wenn der „Besitzer" ein allgemeines Substantiv ist:

- **Cabed en aras** (Sprung des Hirsches)
- **Methed en rath** (Ende des Weges)

Bei bekannten Besitzern und bei Namen entfällt der Genitiv-Artikel:

- **Aran Gondor** (König von Gondor).

Der Genitiv-Artikel **en** wird manchmal zu **e** verkürzt. Der Genitiv-Plural-Artikel gleicht dem Plural-Artikel **in**.

### Präposition & Artikel

Wenn auf eine Präposition ein Artikel folgt, so werden diese beiden Wörter im Sindarin meist zu einem einzigen Wort zusammengezogen. Dabei verändert sich eines oder beide Wörter. Zudem verändert sich das auf diesen Verbund folgende Substantiv. Näheres dazu ist bei der gemischten Mutation zu finden.

## 6.) Mutationen (Lautveränderungen)

Weil der Klang und der Sprachfluss eine große Rolle im Sindarin spielen, wird der erste Konsonant eines Wortes unter bestimmten Bedingungen oft verändert. Dies bedeutet, dass ein und dasselbe Wort in unterschiedlichen Formen auftreten kann (Vokale am Wortanfang sind von den Mutationen nicht betroffen).

Man betrachte die beiden verschiedenen Wörter **saew** (Gift) und **haew** (Gewohnheit): Eine Mutations-Regel besagt, dass **s** in bestimmten grammatikalischen Zusammenhängen zu **h** wird. Der Singular-Artikel **i** ist einer der Auslöser dieser Mutation, sodass „das Gift" nicht *i saew*, sondern **i haew** lautet. Obwohl **haew** auch „Gewohnheit" bedeutet, ist es für einen Sindarin-Kenner nicht missverständlich. Denn eine weitere Mutations-Regel besagt, dass an dieser Stelle ein **h** zu **ch** wird. Somit heißt „die Gewohnheit" nicht *i haew*, sondern **i chaew**, womit die beiden Wörter wieder unterscheidbar geworden sind.

Natürlich gibt es hier viele Gelegenheiten für unerfahrene Sindarin-Lerner, durch Unkenntnis der Mutationsregeln auf falsche Wortbedeutungen zu schließen. Die Gefahr, beim Lesen von **i haew** eine Wortliste zur Hand zu nehmen und unter **haew** nachzuschlagen und den Ausdruck mit „die Gewohnheit" zu übersetzen, ist natürlich sehr groß, wenn man die Mutationsregeln nicht verstanden hat. Daher sei das Verständnis der Mutationsregeln (trotz ihres Umfangs) jedem Einsteiger ans Herz gelegt, weil man sonst nicht in der Lage ist, Sätze aus dem Sindarin sinngemäß zu übersetzen.

### Die weiche Mutation

Die weiche Mutation kommt im Sindarin am häufigsten vor. Wie der Name besagt, werden hierbei „harte" Konsonanten am Wortanfang zu „weichen" Konsonanten verändert. Die weiche Mutation wird in folgenden Situationen angewandt:

1. Ein Substantiv, das auf den Artikel **i** folgt, wird verändert.
2. Ein Adjektiv, das direkt hinter dem Substantiv steht, wird in den meisten Fällen verändert.
3. Ein direktes Satzobjekt (= Akkusativ-Objekt) wird verändert.
4. Ein Verb, das direkt auf das Subjekt des Satzes folgt, wird verändert.
5. Das zweite Wort in einem zusammengesetzten Ausdruck wird verändert.

**p-**, **t-** und **c-** werden zu **b-**, **d-** und **g-**:

- **pân** (Brett) ➜ **i bân** (das Brett)
- **tawar** (Wald) ➜ **i dawar** (der Wald)
- **calad** (Licht) ➜ **i galad** (das Licht)

**b-** und **d-** werden zu **v-** und **dh-**; **g-** verschwindet komplett:

- **benn** (Mann) ➜ **i venn** (der Mann)
- **dol** (Kopf) ➜ **i dhol** (der Kopf)
- **galadh** (Baum) ➜ **i 'aladh** (der Baum)

**h-**, **s-** und **m-** werden zu **ch-**, **h-** und **v-**.

- **hammad** (Kleidung) ➜ **i chammad** (die Kleidung)
- **salph** (Suppe) ➜ **i halph** (die Suppe)
- **mellon** (Freund) ➜ **i vellon** (der Freund)

Der Laut **hw-** wird zu **chw-**:

- **hwest** (Brise) ➜ **i chwest** (die Brise)

Die Laute **f-**, **th-**, **n-**, **r-** und **l-** bleiben unverändert:

- **fend** (Schwelle) ➜ **i fend** (die Schwelle)
- **thond** (Wurzel) ➜ **i thond** (die Wurzel)
- **nath** (Gewebe) ➜ **i nath** (das Gewebe)
- **rem** (Netz) ➜ **i rem** (das Netz)
- **lam** (Zunge) ➜ **i lam** (die Zunge)

Die stimmlosen **rh-** und **lh-** werden möglicherweise zu **thr-** bzw. **thl-**:

- **rhaw** (Fleisch) ➜ **i thraw** (das Fleisch)
- **lhûg** (Drache) ➜ **i thlûg** (der Drache)

Die weiche Mutation tritt nach folgenden Partikeln und Präfixen auf:
**ab**, **adel**, **am**, **ath-**, **athra-**, **be**, **dad**, **di**, **go-/gwa-**, **na**, **nu/no**, **trî/tre-**, **ú-/u-**.
Eine vollständige Auflistung aller Mutationen findet man in der Tabelle der Mutationen (siehe S. 91).

### Die nasale Mutation

Der Plural-Artikel **in** (die) sowie die Präpositionen **an** (für) und **dan** (gegen, wieder-) lösen die nasale Mutation aus.

Folgt den genannten Wörtern **p-**, **t-** oder **c-**, so werden diese zu **ph-**, **th-** und **ch-**. Gleichzeitig fällt das **-n** des Artikels bzw. der Präposition weg:

- **in** (die) + **Periannath** (Halblinge) ➔ **i Pheriannath** (die Halblinge)
- **an** + **Periannath** (Halblinge) ➔ **a Pheriannath** (für Halblinge)
- **in** (die) + **trenern** (Erzählungen) ➔ **i threnern** (die Erzählungen)
- **an** (für) + **trenarn** (Erzählung) ➔ **a threnarn** (für eine Erzählung)
- **in** (die) + **cyrch** (Krähen) ➔ **i chyrch** (die Krähen)
- **an** (für) + **corch** (Krähe) ➔ **a chorch** (für eine Krähe)

**b-**, **d-** und **g-** am Wortanfang werden zu **m-**, **n-** und **ng-**. Hierbei verhalten sich jedoch Artikel und Präposition unterschiedlich, nur die Präposition erscheint in ihrer vollen Form:

- **in** (die) + **beraid** (Türme) ➔ **i meraid** (die Türme)
- **an** (für) + **barad** (Turm) ➔ **am marad** (für einen Turm)
- **in** (die) + **Dúredhil** (Dunkelelben) ➔ **i Núredhil** (die Dunkelelben)
- **an** (für) + **Dúredhel** (Dunkelelb) ➔ **an Núredhil** (für einen Dunkelelb)
- **in** (die) + **gelaidh** (Bäume) ➔ **i ngelaidh** (die Bäume)
- **an** (für) + **galadh** (Baum) ➔ **an ngaladh** (für einen Baum)

Eine vollständige Auflistung aller Mutationen findet man in der Tabelle der Mutationen (siehe S. 91).

### Die gemischte Mutation

Die gemischte Mutation wird von Wörtern ausgelöst, die eine implizite Form des Artikels (z.B. **-n** oder **-in**) in sich tragen:

- Genitiv-Artikel **en** (des)
- **erin** (an dem) = **or** + **in**
- **ben** (in Übereinstimmung mit den) = **be** + **in**
- **nan** (zu den) = **na** + **in**
- **uin** (von den) = **o** + **in**
- **'nin** (für die) = **an** + **in**

Eine vollständige Auflistung aller Mutationen findet man in der Tabelle der Mutationen (S. 91).

### Die Stopp-Mutation

Die Stopp-Mutation wird von Wörtern ausgelöst, die auf einen *plosiven* Konsonanten (**-t** oder **-d**) enden oder *endeten* (hierzu gehört die Präposition **o** (von), die früher *od* lautete). Als Beispiel soll hier die Präposition **ed** (aus, heraus) dienen.

**t-**, **p-** und **c-** werden zu **th-**, **ph-** und **ch-**:

- **pân** (Brett) ➔ **e phân** (aus einem Brett)
- **caw** (Spitze) ➔ **e chaw** (aus einer Spitze)
- **taur** (Wald) ➔ **e thaur** (aus einem Wald)
- **claur** (Glanz) ➔ **e chlaur** (aus einem Glanz)
- **criss** (Riss) ➔ **e chriss** (aus einem Riss)
- **prestanneth** (Beeinflussung) ➔ **e phrestanneth** (aus einer Beeinflussung)
- **trenarn** (Geschichte) **e threnarn** (aus einer Geschichte)

**b-**, **d-**, **g-**, **m-** und **n-** bleiben unverändert:

- **barad** (Turm) ➔ **e barad** (aus einem Turm)
- **daw** (Finsternis) ➔ **e daw** (aus einer Finsternis)
- **gass** (Loch) ➔ **e gass** (aus einem Loch)
- **môr** (Dunkelheit) ➔ **e môr** (aus einer Dunkelheit)
- **nath** (Netz) ➔ **e nath** (aus einem Netz)

**h-** und **hw-** werden zu **ch-** und **w-**:

- **haust** (Bett) ➔ **e chaust** (aus einem Bett)
- **hwest** (Brise) ➔ **e west** (aus einer Brise)

Zudem sagt Tolkien, dass das Wort **ed** vor Wörtern mit **s-**, **f-** und **th-** *oft* (also nicht immer) als **es**, **ef** und **eth** erscheint:

- **sarch** (Grab) ➔ **es sarch** (aus einem Grab)
- **falch** (Schlucht) ➔ **ef falch** (aus einer Schlucht)
- **thôl** (Helm) ➔ **eth thôl** (aus einem Helm)

Tolkiens „*oft*" bedeutet, dass die Formen **e sarch**, **e falch** und **e thôl** ebenso gültig sind.

Eine Anmerkung zur Verwendung der Präposition **o**: Vor Wörtern mit **o-** ist es üblicher, die alte Form **od** zu verwenden, um zwei aufeinander folgende **o** zu vermeiden: **od orch** (von einem Ork).

Eine vollständige Auflistung aller Mutationen findet man in der Tabelle der Mutationen (siehe S. 91).

### Die fließende Mutation

Nach **-r** und **-l** werden Verschlusslaute (Plosive) zu Reibelauten (Frikative):

- **pân** (Brett) ➔ **or phân** (über einem Brett)
- **caw** (Spitze) ➔ **or chaw** (über einer Spitze)
- **tâl** (Fuß) ➔ **or thâl** (über einem Fuß)
- **benn** (Mann) ➔ **or venn** (über einem Mann)
- **doron** (Eiche) ➔ **or dhoron** (über einer Eiche)

**g-** verschwindet komplett:

- **galadh** (Baum) ➔ **or 'aladh** (über einem Baum)

**m-** wird zu **v-**:

- **mîr** (Juwel) ➔ **or vîr** (über einem Juwel)

**h-** und **hw-** werden zu **ch-** und **chw-**:

- **habad** (Küste) ➔ **or chabad** (über einer Küste)
- **hwand** (Pilz) ➔ **or chwand** (über einem Pilz)

Stimmlose **lh-** und **rh-** werden zu **'l-** und **'r-**:

- **lhûg** (Drache) ➜ **or 'lûg** (über einem Drachen)
- **rhûn** (Osten) ➜ **or 'rûn** (über [dem] Osten)

**r-**, **l-**, **f-**, **th-**, **n-** und **s-** werden nicht verändert:

- **rem** (Netz) ➜ **or rem** (über einem Netz)
- **lam** (Zunge) ➜ **or lam** (über einer Zunge)
- **fend** (Schwelle) ➜ **or fend** (über einer Schwelle)
- **thond** (Wurzel) ➜ **or thond** (über einer Wurzel)
- **nath** (Gewebe) ➜ **or nath** (über einem Gewebe)
- **sirith** (Strom) ➜ **or sirith** (über einem Strom)

Eine vollständige Auflistung aller Mutationen findet man in der Tabelle der Mutationen (siehe unten).

## 7.) Adjektive

### Grundsätzliches

Adjektive werden in den meisten Fällen hinter das Substantiv gestellt, das sie bezeichnen. Dabei passen sie sich in der Zahl (Singular/Plural) an dieses an. Zur Pluralbildung gelten dieselben Regeln wie für Substantive.

### Adjektivierung

Um ein Adjektiv aus einem Substantiv zu bilden, können folgende Endungen verwendet werden: **-ui**, **-en** und **-eb**, selten auch **-iel** und **-ol**.

- **brass** (Weißglut) ➜ **brassen** (weißglühend)
- **aglar** (Ruhm) ➜ **aglareb** (ruhmreich).
- **úan** (Monster) ➜ **uanui** (monströs)

### Tabelle der Mutationen

Hier findet man alle Mutationen für alle Konsonanten zusammengefasst:

- die weiche Mutation am Beispiel des Artikels **i** (der/die/das)
- die nasale Mutation am Beispiel des Artikels **in** (die) und der Präposition **an** (für)
- die gemischte Mutation am Beispiel des Genitiv-Artikels **en** (des)
- die Stopp-Mutation am Beispiel der Präposition **ed** (aus, hinaus)
- die fließende Mutation am Beispiel der Präposition **or** (über)

| Grundform | weich (i) | nasal 1 (in) | nasal 2 (an) | gemischt (en) | stopp (ed) | fließend (or) |
|---|---|---|---|---|---|---|
| barad | i varad | i meraid | am marad | e-barad | e barad | or varad |
| blabed | i vlabed | i mlebed | a mlabed | e-mlabed | e blabed | or vlabed |
| brôg | i vrôg | i mrýg | a mrôg | e-mrôg | e brôg | or vrôg |
| caw | i gaw | i choe | a chaw | e-gaw | e chaw | or chaw |
| claur | i glaur | i chloer | a chlaur | e-glaur | e chlaur | or chlaur |
| criss | i griss | i chriss | a chriss | e-griss | e chriss | or chriss |
| daw | i dhaw | i noe | an naw | e-daw | e daw | or dhaw |
| dring | i dhring | in dring | an dring | en-dring | e dring | or dhring |
| fend | i fend | i find | af fend | en-fend | ef fend | or fend |
| galadh | i 'aladh | i ngelaidh | an ngaladh | e-galadh | e galadh | or 'aladh |
| gloss | i 'loss | in glyss | an gloss | en-gloss | e gloss | or 'loss |
| grond | i 'rond | in grynd | an grond | en-grond | e grond | or 'rond |
| gwath | i 'wath | in gweth | an gwath | en-gwath | e gwath | or 'wath |
| hammad | i chammad | i chemmaid | a chammad | e-hammad | e chammad | or chammad |
| hwest | i chwest | i 'wist | a 'west | e-'west | e west | or chwest |
| lam | i lam | i laim | al lam | e-lam | ed lam | or lam |
| lhûg | i thlûg | i 'lýg | al 'lûg | e-'lûg | e thlûg | or 'lûg |
| mellon | i vellon | i mellyn | am mellon | e-mellon | e mellon | or vellon |
| nath | i nath | i neth | an nath | en-nath | e nath | or nath |
| pân | i bân | i phain | a phân | e-bân | e phân | or phân |
| prestanneth | i brestanneth | i phrestennith | a phrestanneth | e-mrestanneth | e phrestanneth | or phrestanneth |
| rem | i rem | idh rim | adh rem | edh-rem | ed rem | or rem |
| rhaw | i thraw | idh 'roe | adh 'raw | e-'raw | e thraw | or 'raw |
| salph | i halph | i selph | as salph | e-halph | es salph | or salph |
| tâl | i dâl | i thail | a thâl | e-dâl | e thâl | or thâl |
| thond | i thond | i thynd | ath thond | e-thond | eth thond | or thond |
| trenarn | i drenarn | i threnern | a threnarn | en-drenarn | e threnarn | or threnarn |

### Komparation (Steigerung) von Adjektiven

Der Komparativ (Vergleichsform) wird durch die Vorsilbe **ein-** gebildet. Diese Vorsilbe kann aber auch andere Formen annehmen, z. B. **an-**. Das **i** von **ein-** bewirkt eine Vokalverschiebung im Adjektiv.

- **lint** (flink) ➜ **ellint** (flinker).
- **iaur** (alt) ➜ **einior** (älter).

Der Superlativ (Höchststufe) wird durch Anhängen der Nachsilbe **-wain** gebildet. Dabei können im Adjektiv Vokal-Veränderungen auftreten:

- **iaur** (alt) ➜ **iarwain** (ältest)

Da die Steigerung von Adjektiven sehr schlecht dokumentiert ist, sind die Vokal-Mutationen nicht vollständig verstanden. Um das Verständnis nicht allzu sehr zu erschweren, sollte man Vokal-Mutationen besser nur dann vornehmen, wenn das nicht-mutierte Wort allzu „holprig" klingt.

## 8.) Verben

### Grundsätzliches: Verb-Klassen

Im Sindarin gibt es – grob gesagt – zwei Klassen von Verben:

- Die erste, deutlich umfangreichere Klasse der *abgeleiteten Verben* wurde ursprünglich gebildet, indem an einen primitiven Stamm eine Endung **-na**, **-ia**, **-da**, **-tha** oder **-ta** angehängt wurde. Nachdem alle diese Silben auf **-a** enden, nennt man diese Klasse auch die *A-Stämme*. Der Stamm eines *abgeleiteten* Verbs ist z. B. **lacha-** (entflammen).
- Die zweite, kleinere Klasse der *einfachen* Verben besteht direkt aus primitiven Wortstämmen, die keine weitere Endung besitzen. Weil diese Verben einen Wortstamm auf **-i-** im Präsens besitzen, werden sie auch *I-Stämme* genannt. Der Stamm eines *einfachen* Verbs ist z. B. **ped-** (sprechen).

### Personen-Endungen

Im Sindarin werden Numerus (Einzahl oder Mehrzahl) und Person durch Endungen ausgedrückt, die an den Wortstamm angehängt werden:

| Subjekt | Singular | Plural |
|---|---|---|
| **1. Person** | **-n** (ich) | **-m** (wir) |
| **2. Person** | **-ch** (du) | **-ch** (ihr) |
| **3. Person** | **- ø** (er/sie/es) | **-r** (sie) |

Man beachte, dass die 3. Person Singular (er/sie/es) keine Endung (Bedeutung von ø) besitzt, die Form ist daher mit dem jeweiligen Wortstamm identisch.

### Abgeleitete Verben (A-Stämme)

### Infinitiv (Grundform)

Abgeleitete Verben bilden den Infinitiv, indem das finale **-a** durch ein **-o** ersetzt wird:

- **lacha-** (entflammen) ➜ **lacho** (entflammen)
- **ertha-** (vereinen) ➜ **ertho** (vereinen)
- **linna-** (singen) ➜ **linno** (singen)

### Imperativ (Befehlsform)

Abgeleitete Verben bilden den Imperativ, indem das finale **-a** durch ein **-o** ersetzt wird. Das bedeutet, dass Infinitiv und Imperativ der A-Stämme gleich lauten:

- **lacha-** (entflammen) ➜ **lacho** (entflamme!)
- **ertha-** (vereinen) ➜ **ertho** (vereine!)
- **linna-** (singen) ➜ **linno** (sing!)

### Präsens (Gegenwart)

Die Präsensform wird gebildet, indem die oben genannten Endungen an den Wortstamm angehängt werden. Die Endung **-n** (ich) bewirkt, dass das finale **-a** zu **-o** wird.

**lacha-** (entflammen)
**lachon** (ich entflamme), **lachach** (du entflammst), **lacha** (er/sie/es entflammt)
**lacham** (wir entflammen), **lachach** (ihr entflammt), **lachar** (sie entflammen)

**linna-** (singen)
**linnon** (ich singe), **linnach** (du singst), **linna** (er/sie/es singt)
**linnam** (wir singen), **linnach** (ihr singt), **linnar** (sie singen)

### Imperfekt (unvollendete Vergangenheit)

Die Imperfekt-Form wird gebildet, indem an den Wortstamm die Endung **-nne** und die entsprechende Form für Numerus und Person angehängt wird. Der dritten Person Singular wird die Endung **-nt** an den Wortstamm gehängt:

- **lacha-** (entflammen) ➜ **lachant** (er/sie/es entflammte)
- **linna-** (singen) ➜ **linnant** (er/sie/es sang)

**lacha-** (entflammen)
**lachannen** (ich entflammte), **lachannech** (du entflammtest), **lachant** (er/sie/es entflammte)
**lachannem** (wir entflammten), **lachannech** (ihr entflammtet), **lachanner** (sie entflammten)

Gemäß dieser Regel würde man für die Imperfekt-Formen von **linna-** (singen) nun z. B. **linnannen** (ich sang) erwarten. Da in diesem Wort jedoch zweimal **-nn-** vorkommt, wird das Wort zusammengezogen zu **linnen** (ich sang). Man beachte wieder die Ausnahme bei der 3. Person Singular!

**linna-** (singen)
**linnen** (ich sang), **linnech** (du sangst), **linnant** (er/sie/es sang)
**linnem** (wir sangen), **linnech** (ihr sangt), **linner** (sie sangen)

### Futur (Zukunft)

Die Futur-Form wird gebildet, indem an den Wortstamm die Endung **-tha** und daran wiederum die jeweilige Personen-Endung angehängt wird. Wie auch bei der Präsens-Form verändert die Endung **-n** (ich) das davor stehende **-a-** zu **-o-**.

**lacha-** (entflammen)
**lachathon** (ich werde entflammen), **lachathach** (du wirst entflammen), **lachatha** (er/sie/es wird entflammen)
**lachatham** (wir werden entflammen), **lachathach** (ihr werdet entflammen), **lachathar** (sie werden entflammen)

**linna-** (singen)
**linnathon** (ich werde singen), **linnathach** (du wirst singen), **linnatha** (er/sie/es wird singen)
**linnatham** (wir werden singen), **linnathach** (ihr werdet singen), **linnathar** (sie werden singen)

### Partizip Präsens

Das Partizip Präsens (auch *Partizip Aktiv* genannt) ist ein Adjektiv, das von einem Verb abgeleitet wird. Es beschreibt den Zustand, in dem man sich befindet, wenn man die Tätigkeit ausübt, die das Verb beschreibt. Das Partizip Präsens wird gebildet, indem man das finale **-a** durch die Endung **-ol** ersetzt.

- **lacha-** (entflammen) ➜ **lachol** (entflammend)
- **linna-** (singen) ➜ **linnol** (singend)

### Partizip Perfekt

Das Partizip Perfekt ist ebenfalls ein Adjektiv, das von einem Verb abgeleitet wird. Jedoch beschreibt es nicht den Zustand, in dem jemand *ist*, sondern in dem jemand *war*. Das Partizip Perfekt wird gebildet, indem man das finale **-a** durch die Endung **-annen** ersetzt.:

- **lacha-** (entflammen) ➜ **lachannen** (entflammt)

Da es auch hier wieder möglich ist, dass in einem Wort zweimal **-nn-** vorkommt, wird das Wort verkürzt:

- **linna-** (singen) ➜ **linnen** (gesungen)

### Das Gerund

Das Gerund ist ein Substantiv, das von einem Verb abgeleitet wird. Es bezeichnet die Tätigkeit, die mit dem Verb beschrieben wird. Das Gerund wird gebildet, indem man **-d** an den Wortstamm anhängt.

- **lacha-** (entflammen) ➜ **lachad** (Entflammen)
- **linna-** (singen) ➜ **linnad** (Singen)

## Einfache Verben (I-Stämme)

### Der Infinitiv (Grundform)

Einfache Verben bilden den Infinitiv, indem an den Wortstamm ein **-i** angehängt wird:

- **ped-** (sprechen) ➜ **pedi** (zu sprechen)
- **fir-** (vergehen) ➜ **firi** (zu vergehen)
- **pel-** (verwelken) ➜ **peli** (zu verwelken)

Trägt ein einfaches Verb ein **a** oder **o** in seinem Wortstamm, so wird es durch das **i** zu **e** umgelautet:

- **dar-** (anhalten) ➜ **deri** (anzuhalten)
- **nor-** (rennen) ➜ **neri** (zu rennen)
- **tol-** (kommen) ➜ **teli** (zu kommen)

Dies bedeutet, dass unterschiedliche Verben im Infinitiv gleich lauten können: **can-** (rufen) und **cen-** (sehen) haben denselben Infinitiv **ceni**. Hier muss der Zusammenhang entscheiden, welches Wort gemeint ist. Im Sindarin wird aber oft statt Infinitiv das Gerund verwendet, und damit ist der Unterschied ersichtlich: **caned** und **cened**.

### Imperativ (Befehlsform)

Der Imperativ wird gebildet, indem an den Wortstamm ein **-o** angehängt wird:

- **ped-** (sprechen) ➜ **pedo** (sprich!)
- **tol-** (kommen) ➜ **tolo** (komm!)

### Präsens (Gegenwart)

Die Präsensform wird bei den I-Stämmen auf zwei verschiedene Weisen gebildet. Die 3. Person Singular besitzt keine Endung, aber bei einsilbigen Stämmen wird der Vokal verlängert:

- **ped-** (sprechen) ➜ **pêd** (er/sie/es spricht)
- **fir-** (vergehen) ➜ **fîr** (er/sie/es vergeht)

Bei mehrsilbigen Stämmen (meist ein Verb mit einer Präposition davor) wird der Vokal nicht verlängert.
Die 3. Person Singular ist daher mit dem Wortstamm identisch:

- **osgar-** (amputieren, herumschneiden) ➜ **osgar** (er/sie/es amputiert, schneidet herum)

Alle weiteren Gegenwarts-Formen besitzen eine Endung. Diese Endung wird an einen Wortstamm angehängt, der dem Infinitiv gleicht. Die vollständige Konjugation lautet daher:

**ped-** (sprechen)
**pedin** (ich spreche), **pedich** (du sprichst), **pêd** (er/sie/es spricht),
**pedim** (wir sprechen), **pedich** (ihr sprecht),
**pedir** (sie sprechen)

**tol-** (kommen)
**telin** (ich komme), **telich** (du kommst), **tôl** (er/sie/es kommt),
**telim** (wir kommen), **telich** (ihr kommt), **telir** (sie kommen)

### Imperfekt (unvollendete Vergangenheit)

Zuerst wird die Bildung der 3. Person Singular erklärt, da sich davon (fast) alle anderen Imperfekt-Formen ableiten lassen. Bei den *einfachen Stämmen* bringt das Imperfekt ein *nasales* Element in das Wort ein.
Bei *I-Stämmen*, die auf **-r** oder **-n** enden, wird das nasale Element in Form eines **-n** angehängt.

- **dar-** (anhalten) ➜ **darn** (er/sie/es hielt an)
- **gir-** (erschaudern) ➜ **girn** (er/sie/es erschauderte)
- **nor-** (rennen) ➜ **norn** (er/sie/es rannte)
- **cen-** (sehen) ➜ **cenn** (er/sie/es sah)

Dasselbe gilt bei Stämmen, die auf **-l** enden, nur dass das angehängte **-n** zu **-l** assimiliert wird:

- **pel-** (verwelken) ➜ **pell** (er/sie/es verwelkte)

Bei Stämmen, die auf **-b**, **-d**, **-g**, **-dh** und **-v** enden, wird das nasale Element nicht an den letzten Konsonanten angehängt, sondern davor eingeschoben. Dies bewirkt, dass sich besagter Konsonant verändert; **-b**, **-d**, **-g** werden zum Beispiel zu **-p**, **-t**, **-c**:

- **had-** (schleudern) ➜ **hant** (er/sie/es schleuderte)
- **cab-** (springen) ➜ **camp** (er/sie/es sprang)
- **dag-** (erschlagen) ➜ **danc** (er/sie/es erschlug)

Alle anderen Personen- und Numerus-Formen werden gebildet, indem an die eben hergeleitete Form der 3. Person Singular ein **-i-** und dann die entsprechende Personen-Endung angehängt wird:

**gir-** (erschaudern) ➜ **girn** (er/sie/es erschauderte):
**girnin** (ich erschauderte), **girnich** (du erschaudertest), **girn** (er/sie/es erschauderte),
**girnim** (wir erschauderten), **girnich** (ihr erschaudertet), **girnir** (sie erschauderten)

**cen-** (sehen) ➜ **cenn** (er/sie/es sah):
**cennin** (ich sah), **cennich** (du sahest), **cenn** (er/sie/es sah),
**cennim** (wir sahen), **cennich** (ihr sahet), **cennir** (sie sahen)

Wie bei einigen vorherigen Beispielen bewirkt das **-i-**, dass sich **a** und **o** im Wortstamm zu **e** verändern:

**nor-** (rennen) ➜ **narn** (er/sie/es rannte):
**nernin** (ich rannte), **nernich** (du ranntest), **narn** (er/sie/es rannte),
**nernim** (wir rannten), **nernich** (ihr ranntet), **nernir** (sie rannten)

Zusätzlich ergibt sich das Phänomen, dass nicht alle Konsonant-Verbindungen unverändert bleiben, wenn sie nicht mehr am Wortende stehen, sondern durch die Personen-Endung ins Wortinnere rutschen. Die Konsonant-Verbindungen **-nt/-nd**, **-nc** und **-mp** verändern sich daher zu **-nn-**, **-ng-** und **-mm**:

**ped-** (sprechen) ➜ **pent** (er/sie/es sprach):
**pennin** (ich sprach), **pennich** (du sprachest), **pent** (er/sie/es sprach),
**pennim** (wir sprachen), **pennnich** (ihr spracht), **pennir** (sie sprachen)

**dag-** (erschlagen) ➜ **danc** (er/sie/es erschlug):
**dengin** (ich erschlug), **dengich** (du erschlugst), **danc** (er/sie/es erschlug),
**dengim** (wir erschlugen), **dengich** (ihr erschlugt), **dengir** (sie erschlugen)

**cab-** (springen) ➜ **camp** (er/sie/es sprang):
**cemmin** (ich sprang), **cemmich** (du sprangst), **camp** (er/sie/es sprang),
**cemmim** (wir sprangen), **cemmich** (ihr sprangt), **cemmir** (sie sprangen)

Ein finales **-m** wird zu **-mm**.

### Futur (Zukunft)

Die Futur-Formen der *einfachen Verben* werden gebildet, indem man an den Infinitiv des Verbs die Futur-Silbe **-tha** und daran ggf. die entsprechende Personen-Endung anhängt:

**ped-** (sprechen) ➜ **pedi** (zu sprechen):
**pedithon** (ich werde sprechen), **pedithach** (du wirst sprechen), **peditha** (er/sie/es wird sprechen),
**peditham** (wir werden sprechen), **pedithach** (ihr werdet sprechen), **pedithar** (sie werden sprechen)

**tol-** (kommen) ➜ **teli** (zu kommen):
**telithon** (ich werde kommen), **telithach** (du wirst kommen), **telitha** (er/sie/es wird kommen),
**telitham** (wir werden kommen), **telithach** (ihr werdet kommen), **telithar** (sie werden kommen)

Man beachte, dass auch hier die Endung **-n** (ich) bewirkt, dass das davor stehende **-a** zu **-o** wird.

### Partizip Präsens

Das Partizip Präsens wird gebildet, indem man an den Wortstamm die Endung **-el** anhängt:

- **ped-** (sprechen) ➜ **pedel** (sprechend)
- **tol-** (kommen) ➜ **tolel** (kommend)

Bei Wortstämmen mit **-i-** lautet die Endung **-iel**:

- **tir-** (beobachten) ➔ **tiriel** (beobachtend)
- **fir-** (vergehen) ➔ **firiel** (vergehend)

### Partizip Perfekt

Das Partizip Perfekt wird gebildet, indem an die 3. Person Imperfekt die Silbe **-en** angehängt wird:

- **dar-** (anhalten) ➔ **darn** (er/sie/es hielt an) ➔ **darnen** (angehalten)
- **sol-** (schließen) ➔ **soll** (er/sie/es schloss) ➔ **sollen** (geschlossen)
- **tir-** (beobachten) ➔ **tirn** (er/sie/es beobachtete) ➔ **tirnen** (beobachtet)

Wie auch bei der Bildung des Imperfekt beschrieben, ändern sich die finalen Konsonant-Verbindungen **-nt/-nd**, **-nc** und **-mp** durch das Anhängen einer Endung zu **-nn-**, **-ng-** und **-mm-**:

- **ped-** (sprechen) ➔ **pent** (er/sie/es sprach) ➔ **pennen** (gesprochen)
- **dag-** (erschlagen) ➔ **danc** (er/sie/es erschlug) ➔ **dangen** (erschlagen)

### Das Gerund

Das Gerund wird gebildet, indem man an den Wortstamm die Endung **-ed** anhängt:

- **cab-** (springen) ➔ **cabed** (springen)
- **cen-** (sehen) ➔ **cened** (sehen)

## 9.) Pronomen

### Pronomen in der Funktion als Subjekt

Im Sindarin werden Pronomen als Subjekt nur selten verwendet, da das Verb bereits die Information über die Person enthält: **linnon** (= ich singe). Ausnahme: da es das Verb „sein" im Sindarin nicht gibt, ist z. B. folgender Satz üblich: **im iaur** (= ich bin alt; wörtlich: „ich alt").

| SUBJEKT | SINGULAR | PLURAL |
|---|---|---|
| 1. Person | **im, ni** (ich) | **men** (wir) |
| 2. Person | **le, ech** (du) | **le, ech** (ihr) |
| 3. Person | **e** (er, sie) | **sain** (sie) |
| | **san** (es) | |

### Pronomen in der Funktion als Objekt

| OBJEKT | SINGULAR | PLURAL |
|---|---|---|
| 1. Person | **nin** (mir, mich) | **men** (uns, uns) |
| 2. Person | **cen** (dir, dich) | **chen** (euch, euch) |
| 3. Person | **hon** (ihm, ihn) | **hain** (ihnen, sie) |
| | **hen** (ihr, sie) | |
| | **han** (ihm, es) | |

### Possessivpronomen

| SUBJEKT | SINGULAR | PLURAL |
|---|---|---|
| 1. Person | **nîn** (mein) | **mîn** (unser) |
| 2. Person | **lîn** (dein) | **lîn** (euer) |
| 3. Person | **dîn** (sein, ihr) | **din, dain** (?) (ihr) |
| reflexiv | **în** (sein) | **îs** (ihren) |

Der Unterschied zwischen reflexiven und normalen Possessivpronomen ist folgender:

- **Maba vagol în** (Er nimmt sein [eigenes] Schwert)
- **Maba vagol dhîn** („Er nimmt sein Schwert" = das Schwert einer anderen Person).

### Demonstrativpronomen

Im Sindarin gibt es folgende Pronomen, um die Entfernung zwischen Subjekt und Objekt zu verdeutlichen:

- **sen** (dieser, diese, dieses), **sin** (diese)
- **tan** (jener, jene, jenes), **tain** (jene)
- **ent** (dieses/dieser/diese dort drüben), **int** (diese dort drüben)

Im Sindarin kann zusätzlich zum Demonstrativpronomen auch noch der bestimmte Artikel verwendet werden: **Celebrimbor o Eregion teithant i thiw *hin*** (Wörtlich übersetzt: Celebrimbor von Eregion schrieb die Zeichen diese.)

### Relativpronomen

Im Sindarin übernimmt der Artikel **i** die Funktion des Relativpronomen: **gyrth i chuinar** (= Tote die leben).

## 10.) Fragewörter

Im Sindarin gibt es bisher nur zwei bekannte Fragewörter: **man** (wer) und **ma/man** (welcher/welche/welches). Solange es hierzu keine neuen Erkenntnisse gibt, bedeutet das, dass man die im Deutschen üblichen Fragewörter (wo, wann, warum, usw.) umschreiben muss, zum Beispiel:
**ma lû?** (= welche Zeit? = wann?)

## 11.) Syntax (Satzbau)

### Wortstellung

Die Wortstellung im Sindarin ist nicht festgelegt und wird oft vom Sprechrhythmus beeinflusst.

Subjekt-Prädikat-Objekt; dabei stehen zuerst die direkten (Akkusativ-) Objekte, dann die indirekten (Dativ-) Objekte: **Annon i barf na venn** (Ich gebe das Buch dem Mann). Manchmal wird der indirekte Objekt-Artikel weggelassen, das Beispiel würde dann **Annon i barf benn** lauten.

## 12.) Beispiele aus dem Film

Wie diese Sprache eine praktische Umsetzung findet, zeigt die Analyse der Sindarin-Sätze aus dem ersten Teil der Filmtrilogie:

### Galadriels Einleitung

Galadriel: **„I amar prestar aen, han mathon ne nen, han mathon ne chae a han noston ne 'wilith"**
Galadriel: „Die Welt ist im Wandel, ich spüre es im Wasser, ich spüre es in der Erde, ich rieche es in der Luft ..."

**I amar** (N.) = die Welt
**prestar aen** (Passiv) = ist gewandelt
**han** (Pron.) = es
**mathon** (Präs.). = Ich spüre (v. **matha** = spüren)
**ne, ned** (Präp.) = in
**nen** (N.) = Wasser.
**chae** (N.) = Erde'
**a** = und
**noston** (Präs.) = Ich rieche (v. **nosta** = riechen)
**ne 'wilith** = in der Luft (als Ortsangabe)

### Elronds Kampfschrei

Bei der Schlacht im zweiten Zeitalter schreit Elrond dieses Kommando, bevor die Pfeile surren.

Elrond: **„Tangado haid! Hado i philinn!"**
Elrond: „Haltet die Position! Schießt die Pfeile!"

**tangado** (Imperativ) = haltet (v. **tangada** = halten, bestätigen)
**haid** (N.) = Platz, Punkt, Position
**hado** (Imperativ) = schießt (v. **had** = schießen, schleudern)
**i philinn** (N., Plural) = die Pfeile (v. **pilin** = Pfeil )

### Arwen zu Frodo

Frodo ist schwer verletzt in den Trollwäldern, als Arwen auf ihn zukommt, um ihm zu helfen.

Arwen: **„Frodo, im Arwen. Telin le thaed. Lasto beth nîn, tolo dan na ngalad."**
Arwen: „Frodo, ich [bin] Arwen. Ich komme, um dir zu helfen. Lausche meinem Wort, komme zurück zum Licht."

**Im** (Pron.) = Ich
**telin** (Präs.) = Ich komme (v. **tol** = kommen)
**le** (Pron.) = dir, dich, du
**thaed** (Inf.) = helfen
**lasto** (Imp.) = lausche, horche
**beth** (N.) = Wort, Stimme (abgeleitet v. **peth**)
**nîn** (Pron.) = mein, meiner
**tolo** (Imperativ) = komm
**dan** (Adv.) = zurück
**na ngalad** (N.) = zum Licht (abgeleitet v. **galad** = Licht)

### Arwens Warnung

Als Arwen auf Aragorn und die Hobbits trifft, warnt sie die Gruppe.

Arwen: **„Le aphadar aen."**
Arwen: „Ihr werdet verfolgt."

**le** (Pron.) = ihr, euch
**aphadar aen** (Präs., Passiv) = verfolgt werden

### Arwens Plan

Bevor sich Arwen mit dem kranken Frodo auf die Flucht begibt, berichtet sie Aragorn von ihrem Plan.

Arwen: **„Ingon i athrad dammen beriathar aen."**
Arwen: „Ich vermute, die Furt wird unser Schutz sein."

**ingon** (Präs.) = ich vermute (v. **ing** = schätzen, vermuten)
**i athrad** ( N.) = die Furt
**dammen** (Adv.) = gegen uns (v. **dan** = gegen)
**beriathar aen** (Fut., Passiv) = wird geschützt sein (v. **beria** = schützen)

### Aragorns Sorge

Als Arwen Aragorn erklärt, wie sie vorgehen möchte, sorgt er sich um seine Geliebte.

Aragorn: **„Dartho guin Beriain. Rych le ad tolthathon."**
Arwen: **„Hon mabathon. Rochon ellint im."**
Aragorn: **„Andelu i ven."**
Arwen: **„Frodo fîr. Ae athradon i hir, tur gwaith nîn beriatha hon."**
Aragorn: **„Be iest lîn."**
Arwen: **„Noro lim, Asfaloth, noro lim!"**

Aragorn: „Bleib du bei den Hobbits. Ich werde euch Pferde schicken."
Arwen: „Ich werde ihn nehmen, ich bin der schnellste Reiter."
Aragorn: „Die Straße ist sehr gefährlich"
Arwen: „Frodo stirbt. Wenn ich den Fluss überquere, wird [die] Kraft meines Volkes ihn beschützen."
Aragorn: „Wie du wünschst."
Arwen: „Reite schnell, Asfaloth, reite schnell!"

**dartho** (Imperativ) = Bleib, Warte (v. **dartha** = warten)
**guin** (Präp.) = bei den (bestehend aus **gwa** = zusammen, **in** = den)
**beriain** (N.) = Hobbits (angelehnt an **Perian** = Halbling)
**rych** (N.) = Pferde (Plural v. **roch** = Pferd)
**le** (Pron.) = euch
**ad tolthathon** (Fut.) = Ich werde schicken (v. **ad** = wieder, **toltha** = schicken)

**hon** (Pron.) = er, ich
**mabathon** (Fut.) = Ich werde nehmen (v. **maba** = nehmen)
**rochon** (N.) = Reiter
**ellint** (Adj.) = schnellste (v. **lint** = schnell)
**im** (Pron.) = Ich
**andelu** (Adj.) = sehr gefährlich (v. **delu** = gefährlich)
**i ven** (N.) = die Straße (angelehnt an **men** = Straße)
**fîr** (Präs.) = stirbt (v. **fir** = sterben)
**ae** (Konj.) = Wenn
**athradon** (Präs.) = Ich überquere (v. **athrada** = überqueren)
**i hir** (N.) – Der Fluss (angelehnt an **sîr** = Fluss)
**tûr** (N.) = Kraft, Sieg
**gwaith** (N.) = Volk, Leute
**nîn** (Pron.) = meine, mein
**beriatha** (Fut.) = [es] wird beschützen (v. **beria-** schützen)
**hon** (Pron.) = er, ihm
**be** (Adv.) = bezüglich, gemäß
**iest** (N.) = Wunsch
**lîn** (Pron.) = dein, deinem
**noro** (Imper.) = reite (v. **nor** = reiten)
**lim** (Adv.) = schnell

### Arwens Zauberformel

An der Furt des Bruinen beschwört Arwen die elbischen Mächte.

Arwen: **„Nîn o Chithaeglir, lasto beth daer; Rimmo nîn Bruinen, dan in Ulaer!"**
Arwen: „Wasser des Nebelgebirge, lauscht dem großen Wort, Wasser der Lautwasser flutet gegen die Ringgeister!"

**Nîn** (N.) = Wasser
**o Chithaeglir** (N.) = von dem Nebelgebirge (v. **Hithaeglir** = Nebelgebirge)
**lasto** (Imp.) = lauscht, hört
**beth** (N.) = Wort
**daer** (Adj.) = groß
**rimmo** (Imp.) = strömt, fließt, flutet (v. **rimma** = fließen)
**Bruinen** = Lautwasser
**dan** (Adv.) = gegen
**in Ulaer** (N.) = die Ringgeister

### Heilung durch Elrond

Durch seine magischen Worte versucht Elrond Frodo zu heilen.

Elrond: **„Frodo, lasto beth nîn, tolo dan na ngalad."**
Elrond: „Frodo, höre meine Stimme, komme zurück zu [dem] Licht."

**lasto** (Imp.) = lausche, höre
**beth** (N.) = Wort, Stimme
**nîn** (Pron.) = meinem, meiner
**tolo** (Imp.) = komm
**dan** (Adv.) zurück
**na ngalad** (N.) = zum Licht (v. **galad** = Licht)

### Eine sterbliche Liebe

Die Liebesszene im nächtlichen Bruchtal zwischen Aragorn und Arwen.

Arwen: **„A si i-Dhúath ú-orthor, Aragorn. Ú or le a ú or nin."**
Arwen: **„Renich i lú i erui govannem ?"**
Aragorn: **„Nauthannen i ned ôl reniannen."**
Arwen: **„Gwennin in enninath ..."**
Arwen: **„Ú-'arnech in naeth i si celich. Renich i beth i pennen?"**

Arwen: „Der Schatten herrscht noch nicht, Aragorn. Nicht über dich und nicht über mich."
Arwen: „Erinnerst du dich daran, wie wir uns zum ersten Mal getroffen haben?"
Aragorn: „Ich dachte, ich wäre in einen Traum gewandert."
Arwen: „Lange Jahre sind vergangen ..."
Arwen: „Damals hattest du nicht die Bürden, die du heute trägst. Erinnerst du dich daran, was ich [dir] gesagt habe?"

**a si** (Adv.) = bisher, bis heute (v. **an** = von, bis, **si** = jetzt)
**i-Dhúath** (N.) = der Schatten (v. **dúath** = Schatten, Dunkelheit)
**ú-orthor** (Präs.) = [er] herrscht nicht
**ú** (Adv.) = nicht
**or** (Präp.) = über
**le** (Pron.) = dich
**a** = und
**nin** (Pron.) = mich, mir
**renich** (Präs.) = du erinnerst dich
**i lú** (N.) = an die Zeit
**i** (Temp.) = als, wie
**erui** (Adj.) = erste
**govannem** = wir trafen (v. **govad** = treffen)
**nauthannen** = Ich dachte (v. **nautha** = denken)
**ned** (Präp.) = in
**ôl** (N.) = Traum
**reniannen** = ich wanderte
**gwennin** = [sie sind] vergangen (v. **gwanna** = vergehen, abreisen)
**in enninath** (N.) = lange Jahre
**ú-'arnech** = Ich habe nicht (v. **gar** = haben, besitzen)
**in naeth** (N.) = die Bürde
**si** (Adv.) = Jetzt
**celich** (Präs.) = du trägst (v. **col** = tragen)
**i beth** (N.) = das Wort
**pennen** = ich sagte (v. **ped** = sagen, sprechen)

## Bei Elronds Rat

Als Legolas aufspringt, um Aragorn mit Worten zu verteidigen, bittet Aragorn ihn, sich wieder zu setzen.

Aragorn: **„Havo dad, Legolas."**
Aragorn: „Setz dich hin, Legolas."

**havo dad** (Imper.) = setz dich hin (v. **hav** = sitzen, **dad** = runter, hin)

## Gandalf beruhigt den Berg

Auf dem Rothornpass versucht Gandalf den Berg wieder zu beruhigen.

Gandalf: **„Losto Caradhras, sedho, hodo, nuitho i 'ruith!"**
Gandalf: „Schlafe Caradhras! Sei still, bleib ruhig und bezähme deine Wut!"

**losto** (Imp.) = schlafe (v. **losta** = schlafen)
**Caradhras** (N.) = Rothorn (v. **caran** = rot, **rass** = Horn, Gipfel)
**sedho** (Imp.) = sei still
**hodo** (Imp.) = liege still, bleibe ruhig
**nuitho** (Imp.) = halte an, bezähme
**i 'ruith** (n.) = den Zorn

## Gandalfs Tor-Öffner

Am Tor von Moria versucht Gandalf den alten Zauber durch Gegenmagie zu brechen, doch er scheitert kläglich.

Gandalf: **„Annon Edhellen edro hi ammen!"**
Gandalf: „Tor der Elben, öffne dich für uns!"

**annon** (N.) = Tor
**edhellen** (Adj.) = elbisch
**edro** (Imper.) = Öffne (v. edra = öffnen)
**hi** (Adv.) = jetzt
**ammen** (Pron.) = wir, für uns

## Begegnung in Lórien, Teil 1

Aragorn: **„Haldir o Lórien. Henio, aníron, boe ammen i dulu lîn. Boe ammen veriad lîn."**
Aragorn: „Haldir aus Lórien. Ich wünsche, dass du verstehst, dass wir eure Hilfe brauchen. Wir brauchen euren Schutz."

**o Lórien** = aus Lórien'
**henio** (Imperativ) = verstehe! (v. **henia** = verstehen)
**anírion** (Präs.) = ich wünsche (v. **aníra** = wünschen, begehren)
**boe** (Präs.) = benötigen, brauchen
**ammen** (Pron.) = wir, für uns
**i dulu** (N.) = die Hilfe, die Unterstützung
**veriad** (N.) = Schutz (abgeleitet von **beriad** = schützen)

## Begegnung in Lórien, Teil 2

Dieser Dialog wurde aus der ursprünglichen Kinoversion herausgeschnitten und wird sehr wahrscheinlich wieder auf den zusätzlichen 30 Minuten der „Special Extended"-DVD zu sehen sein.

Haldir: **„Mae govannen, Legolas Thranduilion."**
Legolas: **„Govannas vîn gwennen le, Haldir o Lórien."**
Haldir: **„A Aragorn in Dúnedain istannen le ammen."**

Haldir: „Seid gegrüßt, Legolas, Sohn des Thranduil."
Legolas: „Unsere Gemeinschaft steht in deiner Schuld, Haldir aus Lorien."
Haldir: „O Aragorn von Dúnedain, du bist uns bekannt."

**mae govannen** = Seid gegrüßt (wörtl. Gute Begegnung)
**Thranduilion** = Sohn des Thranduiol (v. **-ion** = Sohn)
**govannas** (N.) = Gemeinschaft, Gefährten
**vîn** (Pron.) = unser
**gwennen** = verpflichtet sein (v. **gwedh** = verpflichten)
**le** (Pron.) = du, deiner, dir
**o Lórien** = aus Lórien
**istannen** (Passiv) = bekannt sein
**le** (Pron.) = du, deiner, dir
**ammen** (Pron.) = uns

## Saruman beschwört den Caradhras (Quenya)

In der ehrwürdigen Sprache der alten Elben, in Quenya, beschwört Saruman den Caradhras.

Saruman: **„Cuiva nwalca Carnirasse! Nai yarvaxea rasselya tultuva notto-carinnar!"**
Saruman: „Erwache, grausamer Rothorn! Dein blutgefärbter Gipfel soll auf die Köpfe der Feinde fallen."

**cuiva** (Imper.) = erwache (v. **cuiva** = aufwachen)
**nwalca** (Adj.) = grausam
**Carnirassë** (N.) = Sindarin: Caradhras, Deutsch: Rothorn.
**nai** = möge, es sei
**yarvaxëa** (Adj.) = blutgefärbt (v. **yár** = Blut, **vaxëa** = färben, beflecken)
**rasselya** (N.) = dein Gipfel (v. **rassë** = Gipfel, **lya** = dein)
**taltuva** (Fut.) = es wird fallen (v. **talta** = fallen)
**ñotto-carinnar** (N.) = auf die Köpfe der Feinde (v. **ñotto** = Feind, **cár** = Kopf)

## Elronds Abschiedsgruss (Quenya)

Diese Szene wurde in der Kinofassung geschnitten, wird aber auf der „Special Extended"-DVD wieder zu sehen sein. Elrond verabschiedet in Bruchtal die Gefährten, bevor diese zu ihrer Reise aufbrechen.

Elrond: **„Nai tiruvantel ar varyuvantel i Valar tielyanna**

**nu vilya."**
Elrond: „Die Valar mögen euch auf eurem Weg unter dem Himmel hüten und beschützen."

**nai** (N.) = So sei es
**tiruvantel** = sie mögen euch behüten (v. **tir** = behüten, bewachen)
**ar** = und
**varyuvantel** = sie mögen euch beschützen (v. **varya** = schützen)
**i Valar** (N) = die Mächtigen, die Valar
**tielyanna** (N.) = auf eurem Weg
**nu** (Präp.) = unter
**vilya** = Luft, Himmel

## 13.) Internet-Links zu Tolkiens Sprachen

WWW.SINDARIN.DE
Die beste deutsche Seite, um Sindarin zu lernen – mit umfangreicher Beschreibung der Seite, aktivem Forum und einem großen Vokabular von Christian Buzek.

WWW.ELVISH.ORG/GWAITH
Geschäftige Seite von Ryszard Derdzinski mit umfangreichen Infos über Grammatik, Aussprache und Beispiele. Hier gibt es auch eine sehr aktive Szene mit Essays und Downloads. Sprache: Englisch.

WWW-ANG.KFUNIGRAZ.AC.AT/~KATZER/TENGWAR.HTML
Ausführliche Infos zu Tolkiens Runen-Schreibweisen und Hintergrundinfos zu den Sprachen von Gernot Katzer. Sprache: Deutsch.

WWW.DQL.DE.VU
Ein sehr umfangreiches deutsches Quenya-Lexikon von Thomas Kürten mit Erklärungen zur Grammatik und Aussprache.

WWW.ARDALAMBION.COM
Die größte und beste Seite zum Thema „Alle Sprachen von Mittelerde" vom Sprachwissenschaftler Helge Fauskangers. Sprache: Englisch.

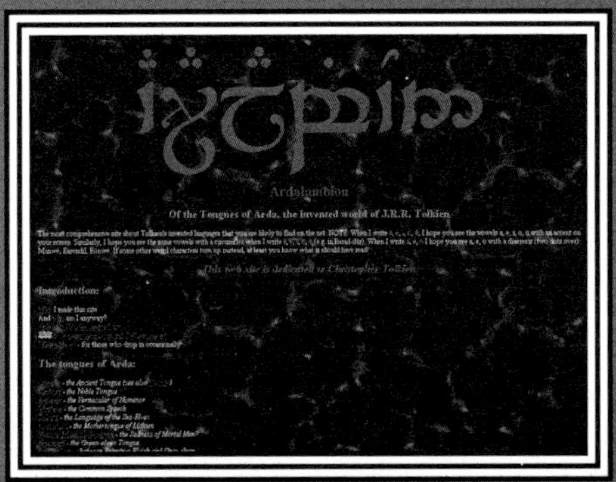


Vielen Dank an die Website www.sindarin.de für die grammatische Unterstützung und für die Analyse der gesprochenen Worte im Film.

# Danksagung

Ich danke allen Lesern des ersten SPACE-VIEW-Specials für die positive Resonanz und all die lobenden Worte. Außerdem danke ich J. R. R. Tolkien, der uns einen Einblick in seine außergewöhnliche Phantasie gewährte, und Regisseur Peter Jackson, der diese Bilder auf der Leinwand lebendig werden ließ.

Stefan Servos

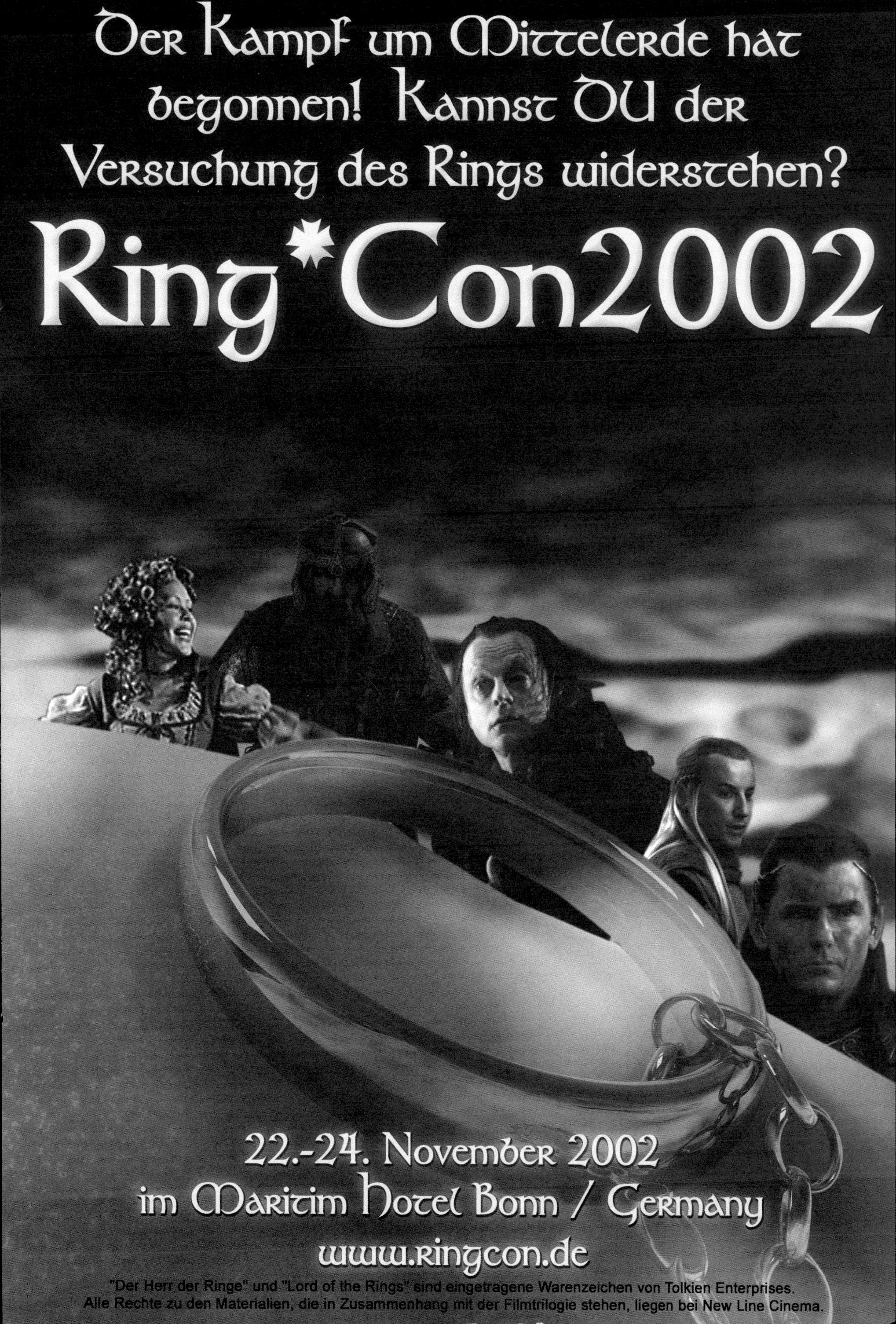
Der Kampf um Mittelerde hat begonnen! Kannst DU der Versuchung des Rings widerstehen?
Ring*Con2002
22.-24. November 2002
im Maritim Hotel Bonn / Germany
www.ringcon.de
"Der Herr der Ringe" und "Lord of the Rings" sind eingetragene Warenzeichen von Tolkien Enterprises.
Alle Rechte zu den Materialien, die in Zusammenhang mit der Filmtrilogie stehen, liegen bei New Line Cinema.

&

*Allan Asherman*
**Star Trek – Raumschiff Enterprise: Das offizielle Logbuch**
Best.-Nr.: 650691
€(D) 15,90 /
€(A) 16,40 / CHF 27,40

*Larry Nemecek*
**Star Trek – The Next Generation: Das offizielle Logbuch**
Best.-Nr.: 650607
€(D) 17,90 /
€(A) 18,40 / CHF 30,50

*Adam Shrager*
**Die Trek-Crew von Picard bis Troy Die Stars aus TNG vor und hinter den Kulissen**
Best.-Nr.: 650716
€(D) 15,90 /
€(A) 16,40 / CHF 27,40

SONDERPREIS

*Terry J. Erdmann*
**The Making of Star Trek: Der Aufstand Das offizielle Buch zum Film**
Best.-Nr.: 650734
€(D) 7,50 /
€(A) 7,80 / CHF 13,50

*Ira Steven Behr/ Robert Hewitt Wolfe*
**Star Trek – Deep Space Nine Die Mythen und Legenden der Ferengi**
Best.-Nr.: 650879
€(D) 10,- /
€(A) 10,30 /
CHF 17,60

SONDERPREIS

*Mack Reynolds*
**Star Trek – Notruf aus dem All**
*Roman*
Best.-Nr.: 650855
€(D) 5,- /
€(A) 5,20 /
CHF 9,-

*Ethan Philips/ William J. Birnes*
**Star Trek – Kochbuch Galaktische Rezepte für Humanoide**
Best.-Nr.: 650796
€(D) 20,- /
€(A) 20,60 /
CHF 33,80

*Denise u. Michael Okuda/Debbie Mirek*
**Star Trek – Die offizielle Enzyklopädie Das Star Trek-Universum von A-Z**
Best.-Nr.: 065449
€(D) 22,50 /
€(A) 23,20 /
CHF 38,-

Kate Tuckett
**Verschwörungstheorien von A – Z**
Best.-Nr.: 650910
€(D) 10,- /
€(A) 10,30 /
CHF 17,60

Christian Lukas
**Dark Angel: Die geheimnisvolle Jessica Alba**
Best.-Nr.: 665100
€(D) 9,95 /
€(A) 10,30 /
CHF 17,50

*Christian Langhagen/ Ralph Sander*
**SPACE VIEW Hexenserien Charmed, Buffy, Sabrina und andere**
Best.-Nr.: 650857
€(D) 11,50 /
€(A) 11,90 /
CHF 19,90

*Peter Osteried*
**SPACE VIEW Kultserien Dawson's Creek, Beverly Hills und andere**
Best.-Nr.: 650858
€(D) 11,50 /
€(A) 11,90 /
CHF 19,90

Höhl/Osteried
**SPACE VIEW Kultserien Ally McBeal**
Best.-Nr.: 665018
€(D) 14,80 /
€(A) 15,30 /
CHF 25,60

SONDERPREIS

*H. Zimmermann/ R. Sternbach/D. Drexler*
**Star Trek – Deep Space Nine: Das technische Handbuch**
Best.-Nr.: 650735
€(D) 12,50 /
€(A) 12,90 /
CHF 21,90

*Michael und Denise Okuda, Doug Drexler*
**Star Trek – Stickerbuch**
Best.-Nr.: 650856
€(D) 15,90 /
€(A) 16,40 /
CHF 27,40

SONDERPREIS

*Sternbach/Okuda*
**Star Trek – Die Technik der U. S. S. Enterprise**
Best.-Nr.: 065397
€(D) 10,- /
€(A) 10,30 /
CHF 17,60

*Adam „Mojo" Lebowitz/ Robert Bonchune*
**Star Trek ® Raumschiff-Guide Die Flaggschiffe der Föderation und anderer Welten**
Best.-Nr.: 665081
€(D) 15,95 /
€(A) 16,40 /
CHF 27,40

Geoffrey Mandel
**Star Trek® Sternen-Atlas Flugrouten, Karten, Planeten**
ca. €(D) 15,95 /
€(A) 16,40 /
CHF 27,40
lieferbar ab Okt. '02

Günter Sippert
**TEEN SUPERSTARS Sarah Michelle Gel**
Best.-Nr.: 659322
€(D) 15,- /
€(A) 15,50 /
CHF 25,90

Peter Osteried
**SV-Special Vampirserien Buffy exklusiv u.a.**
Best.-Nr.: 665095
€(D) 9,95 /
€(A) 10,30 /
CHF 17,50

*Peter Osteried*
**SV-Special Vampirserien Buffy & Angel**
Best.-Nr.: 650880
€(D) 11,50 /
€(A) 11,90 /
CHF 19,90

*Marc Okrand*
**Star Trek – Das offizielle Wörterbuch Klingonisch-Deutsch/ Deutsch-Klingonisch**
Best.-Nr.: 650544
€(D) 10,- /
€(A) 10,30 / CHF 17,60

*Marc Okrand*
**Star Trek – Audiosprachkurs: Klingonisch**
Best.-Nr.: 650797
€(D) 20,- /
€(A) 20,60 /
CHF 33,80

*Marc Okrand*
**Star Trek – Klingonisch für Fortgeschrittene Der offizielle Sprach- und Reiseführer**
Best.-Nr.: 650657
€(D) 10,- /
€(A) 10,30 / CHF 17,60

*LeVar Burton*
**Danach**
*Roman*
Best.-Nr.: 659175
€(D) 9,90 /
€(A) 10,20 /
CHF 17,40

*Michael Westmore/Alan Sims u.a.*
**Star Trek, Masken, Make-up & Kostüme**
Best.-Nr.: 650925
€(D) 19,95 /
€(A) 20,60 /
CHF 33,70